U0112632

文学的通见

谢有顺——著

海峡出版发行集团

海峡文艺出版社

图书在版编目(CIP)数据

文学的通见/谢有顺著. － 福州:海峡文艺出版社,2020.12
(2021.11 重印)
ISBN 978-7-5550-2531-3

Ⅰ.①文… Ⅱ.①谢… Ⅲ.①中国文学－当代文学－文学评论－文集 Ⅳ.①I206.7－53

中国版本图书馆 CIP 数据核字(2020)第 260040 号

文学的通见

谢有顺 著

出 版 人 林 滨
责任编辑 蓝铃松
编辑助理 张琳琳
出版发行 海峡文艺出版社
经 销 福建新华发行(集团)有限责任公司
社 址 福州市东水路 76 号 14 层
发 行 部 0591－87536797
印 刷 福州力人彩印有限公司
厂 址 福州市晋安区新店镇健康村西庄 580 号 9 栋
开 本 850 毫米×1168 毫米 1/32
字 数 180 千字
印 张 9.125
版 次 2020 年 12 月第 1 版
印 次 2021 年 11 月第 2 次印刷
书 号 ISBN 978-7-5550-2531-3
定 价 68.00 元

如发现印装质量问题,请寄承印厂调换

目　录

辑一

所思

辑二

所见

辑三
所读

辑一

所思

是不确定的想象在重塑这个世界

　　作家是书写时间的人，也是改变和创造时间的人。本雅明认为，时间是一个结构性的概念，它不完全是线性的，而可能是空间的并置关系。当作家意识到时间的某种空间性，并试图书写时间中那些被遮蔽的、不为我们所知的部分的时候，他其实是改变了时间——他把现在这种时间和另外一种时间形态，和我们经常说的永恒事物联系在了一起，和真正的历史联系在了一起。

　　比如改革开放这四十年，固然是许多人经历过的日子和现实，但它最终的面貌如何，后来者会如何认识和理解这个时代，其实也有赖于作家的艺术创造。书写这四十年，其实也是在想象的层面重新创造这四十年。过去了的现实无法复现，唯有艺术的现实可以长存。明清时代的日常生活已无法重现，但借由《金瓶梅》《红楼梦》的艺术创造，我们可以看见那个时代的生活场景和生活细节；辛亥革命前后的人与事已经过去，但要了解那个时期某个阶层的人的精神面貌，只能通过鲁迅等人的小说，才会知道诸如祥林嫂、闰土、阿Q之类的人是如何生活、如何感受的。这就是写作的意义，一种看起来虚构、想象的创造，但可以记录和还原一段真实的生活，重塑一群真实的人。

而这一切，都是通过想象力来完成的。

前段时间看到一则新闻，《三体》作者刘慈欣获得了英国科幻小说奖——克拉克奖，他获的是这个奖项的其中一项，叫"想象力服务社会"。这个奖在科幻小说界还是很重要的。克拉克最有名的作品是《2001：太空漫游》，这部作品对刘慈欣影响很大。刘慈欣在获奖演说中说："这个奖项是对想象力的奖励，而想象力是人类所拥有的一种似乎只应属于神的能力，它存在的意义也远超出我们的想象。有历史学家说过，人类之所以能够超越地球上的其他物种建立文明，主要是因为他们能够在自己的大脑中创造出现实中不存在的东西。在未来，当人工智能拥有超过人类的智力时，想象力也许是我们对于它们所拥有的唯一优势。"

克拉克有一句名言，想象力是人类塑造未来最有力的工具。想象力也是写作的核心能力，它既表达现实，也使现实变异，进而创造新的现实。

有一个问题值得追问，为什么通过想象所创造的虚拟世界，通过审美所感受到的看上去不切实际的一些事物，会直接影响我们的价值观和精神世界，甚至会影响人类对未来的想象和预测？读过科幻小说的人都知道，世界许多方面都像克拉克所预言的那样——应验了，通信卫星、轨道飞行等，这些在克拉克最早的科幻小说里都有预言。但刘慈欣说，当科幻小说变成现实的时候，我们好像并不感到惊奇，因为今天的我们越来越进入一个丧失想象的世界，一味地沉迷于现实的琐细和幻象当中。我们对外太空，对浩瀚的宇宙，再也没有以前那么浓烈的探索热情了。

这也从侧面说出人类可能面临想象力受到挑战、想象力衰微的问题。

在这种背景下，文学写作存在的意义，不过是在强调，生活不是这样的，世界还有原初的样子，我们的存在还有新的可能性。也就是说，它要通过不断地反抗已经确定的、固化的甚至程序化的东西，伸张一种不确定的审美——看起来模糊、暧昧，但同时又非常真实的精神和美学意义上的景象。

前段时间读到十八世纪著名学者章学诚的一个观点，他说自战国以后，礼乐之教的力量日渐衰落，六经中最有活力、对人影响最大的反而是诗和诗教。这个判断表明，礼教、乐教所代表的是确定性的知识，诗、诗教所代表的是不确定的、审美的、模糊的知识，二者之间是有冲突的。也许有人会说，一个是理性的，一个是感性的，但换个角度看，一个是确定的，另一个是不确定的。诗的审美，包括个人的感受这样一些东西，无形之中参与、影响和塑造了中国人的价值观。我们如何生活，灵魂长成什么模样，都受了诗的影响。可见，面对一个日益固化的时代，如何借由看起来不确定的、个体的、审美的、想象的事物来解构、重塑这个世界，是一个重大的问题。

这种精神领域里的矛盾和斗争，一直是文学潜在的主题。

人类进入一个越来越迷信确切知识、迷信技术和智能的时代，有些人甚至以为智能机器人可以写诗、进行书法创作，做艺术的事情。技术或许可以决断很多东西，但唯独对审美和想象力还无能为力。那些确定的知识，那些秩序化、工具化、技术化的东西，总是想告诉我们，一切都是不容置疑的，未来也一定是朝这个方向发展的。文学和想象许多时候就在不断地反抗这种不容置疑，在不断地强调这个世界也许并非如此，世界可能还有另外一种样子；至少，文学应让人觉得，那些多余、不羁的想象，仍然有确切的知识所不可替代的意义和价值。

当代中国最大的特征之一就是变化，一切事物都在变。迷信确切知识的人，有时比沉迷于审美和不确定的人更可疑。夏志清在评述张爱玲的时候讲，张爱玲的写作世界跟《红楼梦》的写作世界的区别之一就在于，《红楼梦》写的是一个基本价值不变的社会，而张爱玲是写一个瞬息万变的世界。变化成了这个时代最大的特点。卢卡契在研究希腊史诗的时候也讲，希腊的史诗为什么伟大，就在于那个时代的人是可以把握世界的。通过看星空，你就能知道世界的方向在哪里。今天的变化所带来的越来越多的丰富、复杂且不可把握的经验，我们该如何命名它？该如何描述它？是否有能力命名和描述？这件事情意义非凡。所以，想象力并不是多余的，审美和不确定的事物并不是可有可无的，恰恰是一种想象性的、描述性的，包括虚构的经验，在有力地改变我们对世界的认知。

讲到这个话题时，我经常会想起发射重型火箭的埃隆·马斯克。我详细读过马斯克的几个采访和自述，他讲到自己小时候是一个自闭的小孩，之所以会萌生探索宇宙，并通过这种探索来确认人生意义的冲动，来自他小时候读的"银河系漫游指南系列"科幻小说。很难想象，今天一个发射重型火箭、在科技领域有重大突破的人，他创造的冲动和缘起会是一部科幻小说。马斯克有一次对记者说："我一直有种存在的危机感，很想找出生命的意义何在、万物存在的目的是什么。最后得出的结论是，如果我们有办法让全世界的知识愈来愈进步，让人类意识的规模与范畴日益扩展，那么，我们将更有能力问出对的问题，让智慧、精神得到更多的启迪。所以，我决定攻读物理和商业。因为要达成这样远大的目标，就必须了解宇宙如何运行、经济如何运作，而且还要找到最厉害的……"这话曾让我感动。还有大家熟悉的导演克里斯托弗·诺兰，能拍出著名科幻电影《星际穿越》，也是来自他对太空特别的想象。

想象力几乎是一切创造力的源泉。但二十世纪以后，好像文学写作所面对的，只有一种现实，那就是看得见、想得到的日常现实，好像人就只能活在这种现实之中，也为这种现实所奴役。其实要求文学只写现实，只写现实中的常理、常情，这不过是近一百年来的一种文学观念，在更漫长的文学史中，作家对人的书写、敞开、想象，远比现在要丰富、复杂得多。文学作为想象力的产物，理应还原人的生命世界里这些丰富的情状。不仅人性是现实的，许多时候，神性也是现实的。尤其是在中国的乡村，谁会觉得祭祀、敬天、奉神、畏鬼、与祖先的魂灵说话是非现实的？它是另一种现实，一种得以在想象世界里实现的精神现实。

但我也并不想只强调虚构和想象的意义。就文学写作而言，许多时候，我们还要警觉一种没有边际、没有约束、毫无实证基础的想象。要重视实证对于想象本身的一种纠偏作用。我读很多作家的作品会觉得不满意，并不是这些作家没有天马行空的想象，而是没有实现这一想象所需要的实证支撑。这其实是一个问题的两面。过度缥缈、不着边际的想象，有时候需要通过实证来对它进行限制。

尤其是小说写作，它固然是想象和虚构的艺术，离开虚构和想象，写作就无从谈起。作家最重要的禀赋是经验、观察、想象和思考，但二十世纪以来，虚构和想象在小说写作中取得了统治地位，观察和思考却相对地被忽视。于是，小说家胡思乱想、闭门造车的现象越来越严重，而忘了写作也是一门学问——生命的学问。这门学问，同样需要调查、研究、考证，尤其是对生命的辨析、人心的考证，没有做学问般的钻探精神，就无法获得写作应有的实感。

虚构和实证并重，才是真正的写作之道。作家必须对他所描绘的生活有专门的研究，通过研究、调查和论证，建立起关于这些生活的基本常识。有了这些常识，他所写的生活，才会具备可信的物质证据。物质既是写实的框架，也是一种情理的实证，忽略物质的考证和书写，文学写作的及物性和真实感就无从建立。在写作中无法建构起坚不可摧的物质外壳，那作家所写的灵魂，就算再高大，读者也不会相信。蔑视世俗和物质、没有专业精神的人，写不好小说。很多作家蔑视物质层面的实证工作，也无心于世俗中的器物和心事，写作只是往一个理念上奔，结果，小说就会充满逻辑、情理和常识方面的破绽，无法说服读者相信他所写的，更谈不上能感动人了。这种失败，往往不是因为作家没有伟大的写作理想和文学抱负，而是他在执行自己的写作契约、建筑自己的小说地基的过程中，没有很好地遵循写作的纪律，没能为自己所要表达的精神问题找到合适、严密的容器——结果，他的很多想法，都被一种空洞而缺乏实证精神的写作给损毁了。

好的艺术作品，既充满想象力，也具有专业精神。看过《星际穿越》的人都知道，里面包含着丰富的关于时空的科学知识。《三体》这样的小说，里面也有丰富的物理学知识。没有时空、物理学的专业知识，像诺兰、刘慈欣他们，就创作不出他们的电影和小说。必须通过实证的方式，让想象变得更加精确，更加真实。不能一讲到创作，只强调那些没有实据的空想，尤其是现在的电视剧，包括很多网络小说，实证精神极为匮乏，才会有那么多胡编乱造的情节设计。而我认为，以实证为基础的想象，才有叙事说服力，才能打动人心。诺兰在拍完《星际穿越》之后，又拍了《敦刻尔克》，这是完全不同类型的两部电影。一个是超级的想象图景，一个则是用人类学家、历史学家的精准视点来还原一段史实。一个导演，一个作家，如果兼具这两种能力，他就可能创造出重要的作品。

这让我想起胡兰成在《中国文学史话》里说到，有一次他在日本访问一个陶艺家，发现这个陶艺家烧了很多碗、碟、杯子等日用品，胡兰成很惊讶，觉得一个大艺术家怎么会去烧这么多日用的东西。这个日本陶艺家对他说："只做观赏用的陶器，会渐渐地窄小、贫薄，至于怪癖，我自己感觉到要多做日常使用的陶器。"通过烧这些平常吃饭的碗、喝茶的杯、装菜的碟，来平衡自己的艺术感受，以免自己的感觉走向窄小、贫薄、怪癖，这真是一种很好的艺术观。艺术家不能一直在一种看起来是纯艺术的想象里滑行，他需要现实、日用来平衡和发展他的艺术感觉。太日常了，可能会导致作品缺乏想象力，一直匍匐在地上，飞腾不起来；但太飘浮了，无实证、细节的支撑，也会使作品变得虚幻、空洞。物质和精神如何平衡，虚构与现实如何交融，这是艺术的终极问题。

好的写作，从来都是实证精神与想象力的完美结合。

作家是改变时间的人

改革开放以来的这四十年，中国当代文学走过了极为重要的一个阶段。四十年是一个不长也不短的时间，如何认识、评价这一时期的文学，中国作家如何表达这四十年里人的生活处境，如何书写自我的经验、他者的经验，这些都是既复杂又现实的问题。但在今天的文学研究谱系里，最迫近、最当下的经验往往最复杂、最难书写，也最不值钱。小说、影视界重历史题材过于重现实题材；学术界也重古典过于重当代。厚古薄今的学术传统一直都在。也不奇怪，当下的经验芜杂、庞大，未经时间淘洗，对它的书写，多数是不会留下痕迹的。

我想强调的是，没有人有权利蔑视"现在"。真正有价值的写作，无论取何种题材，它都必须有当代意识，必须思考"现在"。持守这个立场，就是一个作家的担当。

波德莱尔曾经把能够描绘现代生活的画家称之为英雄，因为在他看来，美是瞬间和永恒的双重构成，永恒性的部分是艺术的灵魂，可变的、瞬间的部分是它的躯体——假若你无法书写当下、瞬间、此时，你所说的那个永恒，可能就是空洞的。所以，好的作家都是直面和思考"现在"的，当然也包括好的批评家、学者，同样有一个如何思考"现在"的问题。当年胡适说自己的思想受赫胥黎和杜威影响最大，赫胥黎教他怎样怀疑，杜威则教他"处处顾到当前的问题"，"处处顾到思想的结果"。我想，正是这"顾到当前"的现实感，使胡适成了那个时期中国思想界一个敏锐的触角。钱穆说晚清以来中国文化的衰败，很大原因在于文化成了纸上的文化。而春秋战国时期，能迎来思想的黄金时代，得益于那时的思想有巨大的"现实感"，而不仅流于回忆和空谈。

切近现实问题，切近当下，永远是新思想和新艺术的源泉。

作家急需重塑现实感，甚至建立起一种"现在"本体论，通过思考"现在"来表明自己的写作态度。一个对"现在"没有态度的作家，很难赢得世人的尊重；而身处"现在"，如何才能处理好如此迫近、芜杂的当下经验，最为考验一个作家的写作能力。尽管人的主体性可能得用一生来建构，人是什么，只有他所经历的事、走过的路才能说清楚，但文学作为时间的艺术，正是因为意识到了"现在"的绵延之于一个人的重要意义，人类才得以更好地理解在历史的某个特定时刻自己是什么。

福柯说："或许，一切哲学问题中最确定无疑的是现时代的问题，是此时此刻我们是什么的问题。"文学也是如此。

不少人都已经意识到，今日的文学略显苍老，尤其是新起的很多网络文学，虽然是在新的介质上写作，但骨子里的观念却是陈旧的，甚至是暮气重重的，说白了，其实就是少了一点少年意识、青年意识，少了一点反抗精神和创造精神。"五四"前后的先贤之所以精神勃发，就在于梁启超、陈独秀、鲁迅、胡适、郭沫若等人，内心都充满着对青春中国的召唤，他们当年反复思考的正是今天的我们是什么、中国是什么的问题。

这种青年精神改写了中国的现状，也重塑了中国文学的面貌。

作家何以能思考普遍的人的状况，首先在于他面对和思考"现在"；一切有意义的历史关怀，都是"现在"的投射。许多时候，逃避这个世界，逃避自我审视，最好的方法就是搁置"现在"。

这令我想起，我每次路过中山大学里的陈寅恪故居，看着立在他故居门前的塑像，就会思考一个问题：像陈寅恪这样的大学者，何以晚年要花那么多的时间、心血写巨著《柳如是别传》？他通过柳如是——钱谦益的侧室——的人生，固然表达了生活中需要坚守的一些价值是比功名、利禄甚至生命更重要的，但更潜在的意图中，也许饱含了陈寅恪对"现在"的看法——当时他的那些朋友、同行，都在接受批判，多数人丧失了自我，言不由衷或谀辞滔滔，这固然是时势使然，有时不得不为，但作为一个对历史有通透看法的大学者，陈寅恪也必定知道今后的历史将会如何评价"现在"。陈寅恪似乎想说，一个弱女子，当年尚且知道气节，知道要发出自己的声音，而我们现在多少学富五车的文化人、知识分子，反而完全没有自己的话语和坚持，不汗颜吗？陈寅恪在诗中会说"留命任教加白眼，著书唯胜颂红妆"，这未尝不是一个内在因由。

可见，即使是个研究古典的学者，也应该有一种思考"现在"的能力。无借古喻今、以史证心这一"现在"的情怀所驱动，陈寅恪不会突然写《柳如是别传》。一个学者，不一定要研究当代，但至少要有一种当代意识，要有处理和面对"现在"的能力；作家要处理好这么复杂、丰富的当下经验（对于历史长河而言，四十年就是当下，就是现在），更要有一种当代意识，有一种直面"现在"的勇气。

写作既是对经验的清理和省思，也是对时间的重新理解。

从时间的意义上说，这四十年的中国经验作为一个重要的写作主题，不仅是历时性的——不是一种经验死去，另外一种经验生长出来，而有可能是几种完全不同的经验叠加在一起，并置在一起。认识到这些经验的复杂构成，生活才会有纵深感，才不会被描写成浅薄的现象组合。这就是本雅明的观点，他认为时间是一个结构性的概念，时间不完全是线性的，而可能是空间的并置关系。如果只理解线性时间，而忘记了时间的空间性，可能很难理解今天这个多维度的中国。只有一种平面的视角，就会错以为生活只有一种样子、一种变化的逻辑；多种视角下的生活，才会显露出生活在多种力量的纠缠和斗争中的真实状态。

并非每个人都生活在构成自己的经验里，也并非每个人都生活在同一个"现在"之中，哪怕在同一个空间里面，不同的人也可能在经历不同的时间。并置反而是生活的常态。比如，我们经常讲的深圳速度，是一种时间；但在一些偏远的农村，农民经历的是另外一种时间，更缓慢的甚至一成不变的时间。在同一个空间里面，其实有人在经历不同的时间，这种时间的空间性，使得作家的感受经常是断裂的、错位的。

作家不是通过一致性来理解时代的，恰恰是在疏离、断裂和错位中感知时代，不断为新的经验找寻新的表达方式。

海德格尔说，新的表达往往意味着新的空间的开创，而这个新空间的开创，既有敞开，也有遮蔽。当你意识到某种时间的空间性的时候，你的表达是在敞开，但是，这种表达背后也可能是在遮蔽。海德格尔在一篇题为《艺术与空间》的文章中说，空间既是容纳、安置，也是聚集和庇护，所以空间本身的开拓，是持续在发生的事。它一方面是敞开，就是让我们认识到了新的人，新的生活，新的经验；另一方面，也可能是遮蔽，遮蔽了许多未曾辨识和命名的经验。

在敞开和遮蔽之间，可能才是真实的生活景象。而这种"空间化"，如果指证为一个具体的城市，于不同的人，意义也是不同的。有人视城市生活为"回归家园"，有人则觉得"无家可归"，更有人对它持"冷漠"的态度。确实，一些人把城市当作家园；一些人即使在城市有工作、有房子，也依然有一种无家可归的漂泊感；也有一些人，他在一个城市，既谈不上有家园感，也谈不上有流浪和漂泊的感觉，他只是处于一种"冷漠"之中。认识并书写一座城市或一种生活的复杂和多面，这就是文学空间的开创。

任何新的文学空间的开创，都具有这种"敞开"和"遮蔽"的双重特征。

以前些年的青春写作为例。当时出现的很多代表性作品，往往都有时尚的元素、都市的背景，主人公普遍过着一种看起来很奢华的生活。如果这一代作家只写这种单一的时尚生活，势必造成对另外一种生活的遮蔽，这些带有时尚都市元素的小说，如果被普遍指认为就是当下年轻人的生活，那么若干年后，以这些文学素材来研究中国社会的人，就会误以为那个时代的年轻人都在喝咖啡，都在享受奢侈品，都在游历世界，都在住高级宾馆。可事实是，在同一时期的中国，还有很多也叫"八〇后"和"九〇后"的人，从来没有喝过咖啡，没有住过高级宾馆，更没有出过国，他们有可能一直在流水线上、在铁皮屋里，过着他们那种无声的生活。这种生活如果没有人书写和认领，就会被忽略和遮蔽。

我把这种写作状况概括为"生活殖民"，一种表面上繁华、时尚的生活，殖民了另外一种无声、卑微的生活。有的时候，生活殖民比文化殖民更可怕。这也是我为什么肯定一些打工题材作品意义的原因，它们的存在，某种程度上起到了反抗生活殖民的作用。

写出了时间的空间性，才真正写出了文学的复杂和多义。仅仅把时间、空间理解成是一个物理学、社会学意义上的存在，写作就还没有触及本质。文学的时间与空间，它除了是物理学、社会学的，也还是审美、想象、艺术的，当然也是精神性的。正是这样一种多维度、更复杂的，对时间、空间的重新思考，会使我们对中国文学这四十年的发展有新的理解，而不会简单地以为我们只是在经历一种进程，一种节奏，还会看到另外一些之前不为我们所知的、被遮蔽的东西。

从这个层面上讲，作家既是书写时间的人，也是改变时间的人。而这一切的努力，其实都是为了建构一个有意义的"现在"。只有一种"现在"，这个"现在"就是日常性的、物理的、平面的；发现很多种"现在"交织、叠加在一起，并进行多声部的对话，"现在"就会获得一种丰富的精神维度。

这个坐标的建立，对于确证我们是谁、中国是什么，意义重大。

当代文学中何以充满陈旧的写作，甚至很好的写作者可以多年在帝王将相的故事中流连忘返，就因为没有"现在"的视角，更没有来自"现在"的负重——我们是什么，我们面临着怎样的精神难题，我们如何被一种并非构成自身的经验所劫持，我们如何在一种无意义的碎片中迷失自己，这些问题在写作中都得不到有效的回答。多数作家也拒绝面对和回答。现实如此喧嚣，精神却是静默的；作家常常为历史而哀恸，唯独对"现在"是不动心的。"时间总是不间断地分岔为无数个未来"，这种景象在当代文学中并不常见，时间似乎丧失了未来的维度，只是用来回望的；作家正在丧失面对"现在"的勇气和激情，此时的经验也正在被蔑视。

我想，当代文学的一切苍老和暮气，多半由此而来。而我更愿意看到思考"现在"、书写"今天"的写作，渴望从"现在"的瞬间中看到自己的过去和未来。也只有这样的写作，才是时间里的写作，也是超越了时间的写作。

为不理解、不确定而写作

从事文学批评多年，总是会有人来问，你在评论一部作品时，有什么准则吗？这样的问题，回答不好也得回答。我想，首先一部作品在艺术上必须有新意、丰富且值得品味，没有艺术享受，你甚至连阅读的兴趣都没有，更谈不上评论它的冲动了；其次，我看重一个作家的语言才能，语言的个性、韵味是判断一部作品是否风格化的重要标志；再者，作家的道德勇气也不可忽视，它关乎作家是站在什么精神立场上看人和世界，他有什么样的价值发现。

这是我对文学作品最低限度的要求。

对批评工作者的要求，则是艺术的修养、精神的敏锐和鲜明的文体意识，三者缺一不可。没有艺术修养，就无法准确解析作品的丰富和复杂；没有敏锐的精神触角，就无法和作家进行深层对话；没有文体意识，批评文章可能就会写成新八股文，而失去好文章当有的风采。过度知识化的趋势会损毁文学批评最重要的品质——直觉和感受，批评也会越来越成为没有锋芒、没有个人发现的理论说教。批评还是要强调自己对一部作品的艺术直觉，并勇敢地作出判断。法国评论家伊夫·塔迪埃认为"批评是第二意义上的文学"，确实，文学批评也是一种创造，它洞察作家的想象力，并阐明文学作为一个生命世界所潜藏的秘密，最终，它说出批评家个体的真理。

从这个意义上说，批评也是理解的艺术。即便是批判一部作品，也还是理性、诚恳些好，不必一副怒气冲冲、真理在握的样子；有时过度赞美和过度苛责，都是批评家审美瘫痪的表现。批评既然是一种专业，就应该充分展现批评家的学识、智慧和创造精神，应该多一些专业精神。专业精神并非仅是一种学术方法或理论能力，更重要的是，批评家还要有一种精神洞察力，以洞见文学世界中各种微妙和秘密。当代文学研究是很特殊的学科。假如没有对文学现场的熟悉、跟踪、把握，没有充分的个案研究做基础，没有在第一时间就敢下判断的能力和勇气，就无法准确地解读一部作品。但另一方面，作家又不会轻易被批评家手中随意征用的理论、说教吓住，能让他们服气的永远是批评的专业精神，以及那种长驱直入的洞察力和分析能力。

批评精神的专业基石正是理性和智慧，甚至专业的良知还要高于道德的良知。无知有时比失德更可怕。对一部作品没有起码的鉴赏能力，这种审美无能会使批评家陷入不堪。好的批评是在展现专业智慧的同时，也让人触摸到你的内心，分享你对人和世界的基本理解。

文学批评似乎也不同于一般的学术研究。比之于学术对知识、材料和结论的确定性追求，批评许多时候是在反抗确定性，它与文学的对话关系，最终是要敞开可能性，进而让人意识到，文学所讲述的这个世界是丰富、复杂、无确定答案的。

文学的真理都具有不确定性，这是需要反复重申的。现在的很多文学研究，试图通过一些材料就找到确定的结论，这对于文学的外部研究或许是有效的，但对于文学本身，对于它所呈现的那个神秘的生命世界，任何结论都是对它的简化和遮蔽。何以知识讲述和文学史书写如此强大的时代里，还需要文学批评？就是还需要人去缅怀一个"灵光消逝的年代"。确定让一切灵光消逝，而不确定才是文学的本质。文学的坚定存在，就是要引导人从一种密闭、单一的价值观里出走，引导人去认识各种潜藏的可能性；一旦人不再接受价值观的多义，不再适应既可能是这样的也可能是那样的矛盾和悖论，他也就失去了选择的权利，进而失去的就是灵魂的自由。村上春树曾经采访过奥姆真理教的教徒，他发现，那些教徒很少读小说，他们深信一种价值观，于是就很容易把自己的灵魂交出去。他说："正因为已经无法将自己置身于那种多种表达之中，人们才要主动抛出自我。"

文学是在帮助人建立更完整的自我，一个能接受一切复杂、矛盾甚至悖论的自我。小说为何要打破正面人物、反面人物相对立的写法？就是作家们开始意识到，世界并不是我们想象的那么简单，我们无法那么确切地知道人是怎样的、世界是怎样的，而唯一确定的，也许就是人和世界都具有不确定性。景凯旋说："意识到事物的全部复杂性和不确定性，是人类迄今最伟大的精神发现之一。这种源于文艺复兴启蒙和理性的价值指向，想要扩大部分真实的深切愿望，淋漓尽致地表现在西方的小说中，成为小说唯一的品格。两个世纪来，欧洲的小说就是沿着这条路径，向生活的日常性发展的。没有了电脑和飞机，还可以用笔和马，可要是没有了生活的复杂，人类将会变成千万块平面镜子中的同一个影像。"确实，文学是永远不能被固化、永远在演变的知识——一种特殊的知识，它让生活因为丰富而有趣。尤其是进入二十世纪后，那个以单一、固化的标准去评价生活和思想的时代结束了，人对事物的认识、自我的认识，都进入了一个复杂、多义的时代。古典小说中，人性的完满状态是理性与和谐，但现代小说呈现出来的却多是矛盾、冲突、分裂和对立，本质上就是反对单一，走向多元。

文学批评所拥有的阐释的权利，就是要分享这种不确定的，但又异常丰富复杂的艺术世界和生命世界。它永远有知识生产所不能代替的价值。托妮·莫里森说："语言不仅仅代表知识的极限，也创造了保护我们差异的意义，我们与其他生活不同的方式。"文学批评的语言也是守护差异的，它总是在文学研究不断被确定的知识所垄断的时候站出来强调，作品中的某个人物的命运值得同情，小说里的某个细节非常精彩，作家对世界的体验好像具有某种超前性和预见性。诸如此类的讨论，看起来是在模糊我们对文学的确定理解，但正是这种模糊，使我们不会轻易被一种价值所劫持，转而在差异和多样性中体会各种不同的人生、认识各种不同的人性。

我常想起阿兰·罗布‐格里耶那段著名的话："世界既不是有意义的，也不是荒谬的，它存在着，如此而已……二十世纪是不稳定的，浮动的，不可捉摸的，外部世界与人的内心都像是迷宫。我不理解这个世界，所以我写作。"这是多么了不起的"不理解"！因为"不理解"而写作，写作就成了去理解而不是去找结论的精神漫游。知识、科学、技术、制度、意识形态等等，都是试图想让这个世界变得可以理解，把一切都变得确定无疑，你只要相信就可以了；幸好还有文学，它告诉我们，世界还有许多不确定和不可理解的方面，自我也像是一个永远不能穷尽的黑洞，相信一种价值就意味着交出自己的灵魂，而文学是在追求价值的争辩、交锋和新变，是对新的可能性的发现和唤醒。

文学不是让灵魂单一，而是创造新的灵魂。

我还常想起托多罗夫的话："确切地说，亨利·詹姆斯叙事的秘密是存在一个根本秘密，一个无名因素，一股不在场的强大力量，用来推动整个在场的叙事及其向前运行。詹姆斯的创作具有双重性，而且表面看是矛盾的（这才使他不断地重新开始）：一方面，他动用一切力量解释隐身的本质，揭开秘密物品的面纱；另一方面，他不断远离这一切，保护它——直至故事结尾，甚至让它永远是个谜。"指出一个作家是有秘密的，是有双重性且矛盾的，批评家在解释这个秘密的时候，也保护着这些秘密，这就是文学阐释的美妙意义，它仿佛永远在说，世界是这样的，世界还可能是怎样的。

当我们都在尝试着用不同的方式来表达世界和回答问题时，一个灵魂自由的时代才会真正来临。从这个意义上说，文学不仅会一直存在下去，甚至它的存在还会越来越重要，因为它颠覆已有的关于人和世界的结论，也扩大我们对人和世界的理解。阿兰·罗布 - 格里耶和托多罗夫的话，从作家和批评家的角度诠释了各自对文学的理解，表明文学及对它的阐释仍然是这个世界最不可思议的精神事件之一——没有"不理解"，没有"根本秘密"，世界将会变得一览无遗，变得苍白而无趣。

我甚至想，文学还应有更大的气魄，文学批评也还应有更大的气魄，那就是大胆地为这个世界的不确定、不可知、神秘性、超越性做证，重新为人类在自我觉悟的道路上打开新的想象空间。

这其实是对一种精神想象力的加冕，也是文学特有的表达权利。前一段时间，我在张炜作品研讨会上说，在今天这个技术可以决断一切、知识讲述也不容置疑的时代，为什么还要有文学？这是一个值得思考的问题。二十世纪以来，文学太迷信现实主义了，这极大地限制了人的想象力，也缩减了文学的价值空间。写作作为一种精神事务，本应有神秘和超验的品质。写作的缘起本不是记事、纪实，而是起于祭祀。苏珊·桑塔格就说，最早的艺术体验是巫术的，魔法的，是仪式的工具。太过重视现实，太看重自己作为知识分子的角色，写作已无祭司这一传统，也就没有了和不可知、不确定的神秘世界对话的愿望。但是，去掉了巫、祭祀、祷告的这个精神传统，对未知世界也无想象，进而把这个世界上的事情全部都解释成现实主义的，这个世界就太乏味、太没意思了。文学的存在，就是要让这个没意思的世界变得有意思，这个"有意思"，就是源于现实之上还有一个想象世界，理性世界之外还有一个非理性的、感觉的、神秘的世界。

我在《重新想象人的生命世界——我读〈唇典〉》一文中也分析过，把神性世界定义成神话世界、灵异世界，把与之相关的作品多说成是幻想性的、非现实的，其实是对文学和历史的极大误解。"事实上，中国几千年来的文明史，从来都是相信有灵魂、有天意、有神鬼、有灵异世界的，天、地、人、神、鬼并存的世界，才是中国文明的原貌。直到二十世纪提倡科学、相信技术以后，才把神、鬼、魂灵世界从文明的辞典里删除——但在民间，它们依然坚实地存在着。二十世纪以后，好像写作所面对的，只有一种现实，那就是看得见、想得到的日常现实，好像人就只能活在这种现实之中，也为这种现实所奴役……当我们把这些瑰丽的想象都从文学中驱逐出去，作家成了单一的现实主义的信徒，他的写作只描写一个看得见世界，并认为现世就是终极，这不仅是对文学的庸俗化理解，也是对人的生命的极度简化。文学应该反抗这样的简化。"

讨论这些，我不过是想强调，无论是文学写作，还是文学批评，它既是"实学"，也是"虚学"——甚至可能还是一种充满奇妙之思的玄学。如果文学批评太"实"了，没有一点务虚、超拔、不切实际的神思，一定会面临很大的局限。文学写作及其研究都是思想和精神的创造，想要有新见，还是要有一点务虚的、天马行空的、胡思乱想的甚至有些不切实际的玄妙之思的驱动，没有一种孤独的、独与天地共往来的哲思，全部心力都被知识和材料所吸引，恐怕也是一种误区。尼采说，历史感和摆脱历史的束缚同样重要，说的就是这个道理。

这方面，科幻小说反而是一个很好的范例。它作为一种小说类型，一直正视人类有超越现实、走向永恒的渴望，如何让这种渴望也在现代人身上延续下来，科幻小说找到了科学作为载体，把科学作为实现神话的方式，使之与生物工程日益发展下的人合体，通过新的技术、新的身体来呈现新的现实，从而超越了日常生活的琐细描写，再一次以文学的方式表达对人类的整体性命运的关怀。科幻小说和电影的风行，暗含了这个时代人类对未来新世界的想象。相比之下，传统的写作和批评，还是受制于现实的规约，文学写作经常为一种匍匐在地面上的琐细人生耗尽心血，文学研究也经常为一种细枝末节的问题争得脸红耳赤，唯独匮乏对大问题的追问能力，在永恒价值世界和人类整体性命运面前，更是没多少想象力可言。这才是中国文学最尖锐的困境之一。

米兰·昆德拉说，穆齐尔和布洛赫给小说安上了极大的使命感，他们视之为最高的理性综合，是人类可以对世界整体表示怀疑的最后一块宝地。他们深信小说具有巨大的综合力量，它可以将诗歌、幻想、哲学、警句和散文糅合成一体。这种糅合，目的也就是要重新对人类的命运有一个整体性观察。艺术风格的局部调整，理论和观念上的细小变革，这些可能并没有我们想象的那么重要，真正改变文学大势的，还是那些能在整体上影响人类的价值信念。而要在整体上重新理解和变革文学，打开价值想象的空间，包括改变我们对神性世界、超验世界的僵化态度，也至关重要。足够广大，才能足够高远，这一点，科学已经走得很远，甚至科幻小说都走得很远了，值得我们深思。

批评应说出个体的真理

成为小说家，是我学生时代的梦想。读大学时我也写小说，还发表了几个短篇，写法上是先锋小说的路子，责任编辑说我语感不错。不知什么原因，我后来专心做起了文学评论。自觉像我这种资质的人，一生最多只能做好一件事情，若想创作和评论兼具，很可能将一事无成。

但我对写作的秘密一直怀有浓厚的兴趣。

我之所以认为文学写作也是一门学问——生命的学问，就在于文学既然是对心灵的勘探，必定要研究生命的情状，探求生命的义理，留意生命展开的过程，对生命进行考据、实证、还原、追问。看到了文学所共享的这个生命世界，研究文学才不会演变成单一的对知识、材料或写作技艺的解析，而会去体察作者的用心、细节的情理、灵魂的激荡，进而认识生命的丰富性和复杂性。

最具体的细节、材料、经验，往往通向最内在的心灵。我把这个写作原则概括为：从俗世中来，到灵魂里去。这也是我经常说的"文学的常道"。相当长的时间里，它也是我一直持守的一种批评观念。我据此给各地的作家班讲过课，这是和我在大学讲课完全不同的经验，它必须贴近写作的实际，掌握写作的方法，理解写作的进程，并且尽可能少用术语和概念。你不试着去理解写作的甘苦与秘密，也许可以长篇大论地做学问，作家们却未必买账。很多评论家学问很好，却很难赢得作家发自内心的尊敬，从而造成了创作界和研究界的断裂，这可能是核心原因之一。

而我发现，自从到大学工作以后，就不时会有出版社约我写文学史。好像在大学当文学教授，不写一部文学史，就没有学术地位似的。我至今没有写，以后是否会写，也难说。不久前就有一份出版社的文学史合同在我案头，我犹豫了几天，最终还是没有签。但我这些年读了不少文学史，也产生了一些想法。在当下学术体制里面，文学史的学术地位在文学批评之上，但也有写文学史的学者告诉我，他们对具体作家作品的研究，是以一个时代的文学批评成果为基础的，如果不参考这些成果，文学史就没办法写。

为什么会如此？因为很多学问做得好的学者，未必有艺术感觉。他可以把学问做得很好，但是他未必懂得鉴赏小说和诗歌。学问和审美不是一回事。举大家熟悉的胡适来说，他写了不少权威的考证《红楼梦》的文章，但对《红楼梦》的艺术价值几乎没有感觉。胡适甚至认为，《红楼梦》的文学价值不如《儒林外史》，也不如《海上花列传》。二十世纪六十年代他写信给苏雪林，还专门讲《红楼梦》是一件不成熟的艺术作品。胡适考证古典白话小说的方法和成就，到现在也没有人可以超越他，但他只是对其中的知识谱系、史料钩沉考证得好，个人的艺术感觉则贫乏，以致无法进入《红楼梦》的艺术世界。

从写作类型来讲，鲁迅是真正的作家，胡适却是一个学者。胡适对知识的兴趣远远大于他对审美的兴趣，他的研究文章中，重学理，重证据，而鲁迅则有很强的艺术直觉，他对在野、民间的事物一直有浓厚的兴趣，即便治小说史，也多个人的感受和自悟，他是一个精神色调上既驳杂又深邃的艺术家。鲁迅像士人，一直有挫败感和压抑感，胡适则是君子，明亮、简易，所以在创作和研究上，他们呈现出了完全不同的面貌。但我认为，这种类型意义上的割裂，并不合理。理想的文学研究，应该二者兼具。夏志清的《中国现代小说史》有那么大的影响，和他对作品文本强大的解析能力有很大的关系。在国内，还很少有这类的文学史家，可以像夏志清一样，面对作家的文本展示出一种具有个人创见的、精湛的细读才能。没有文本的细读，文学史写作就会变得空洞，郜元宝曾经把这种文学史形容为作品缺席的文学史。

现在有很多人做文学批评，包括写作家论，其实缺少对作家的整体性把握。仅评一个作家的一部作品，或者是某一个阶段的作品，都不足以看出这个作家的重要特点。比如，很多人都做贾平凹小说的评论，但是没有涉及他的散文，这对于一个作家的理解就不完整了。他的散文可能和他的小说一样重要，共同构成了其多侧面的写作面貌。前段时间阿来还出了一本诗集，如果研究阿来的人不读他的诗，可能就不能有效理解他小说里面一些特殊的表达方式。于坚也是一个典型的例子。很多人都只关注他的诗，其实他的散文写得非常好，在我看来，他是当代几个重要的散文家之一。许多批评家也写诗，你就会发现，他写批评文章的方式也与人不同，因为他是一个诗人，诗与评相互影响。

如果没有整体性把握一个作家的作品，我们就不太容易把文学批评做好。

基于这一点，我觉得我们应该重识作家论的意义。无论是文学史书写，还是批评与创作之间的对话，重新强调作家论的意义都是有必要的。不说远的，就说二十世纪八十年代的文学批评，它们对于作家的影响和塑造极为有效。据我所知，很多作家当年对陈晓明尊敬有加，就因为他们希望陈晓明做先锋文学研究时，可以关注到自己的创作。那个时候的先锋文学评论，对于处在上升通道中的作家还是有很大影响的。所以，文学批评和作家论一直有其独特的意义。

事实上，在二十世纪二三十年代，作家论就已经做得很好了。比如茅盾写的作家论，影响广泛。沈从文写的作家论，主要收在《沫沫集》里面，也非常好，甚至被认为这是一种实验。从这个角度讲，我觉得当下一些有影响力的批评家，很多都已经是多年的教授了，可以不必太在意一些所谓的学术秩序的制约，可以尝试恢复批评文章本身的意义和价值。李健吾的文章评了很多作家，他评的有些作家、有些作品，我们都不知道他们是谁了，但李健吾的文章到今天依然可读。美国批评家哈罗德·布鲁姆的批评文章，里面涉及的很多作家的作品，我们都没有读过，但是他的批评文章也可读，具有独立的价值。甚至在二十世纪八十年代，你会发现批评家与批评家之间、批评家与作家之间的通信也可当作批评文字发表出来，为后来的研究者提供有用的信息。我们没必要困死在规范到过于死板的学术论文里，而是要回到文章中来，让批评本身变得有意义，有风采。

古人讲，"文章千古事"，不是讲思想千古，思想往往大同小异，而是讲文章千古。思想可能过时了，有谬误了，文章本身好，依然可以流传，正如很多革命歌曲，歌词何其老套，但只要旋律好，照样一直有人传唱。苏东坡的"赤壁怀古"，连赤壁在哪都搞错了，这本来是致命的硬伤，但它并不影响这首词成为千古名篇。这就是"文章千古事"。

有文章风采的批评文章，我相信读者爱读，作家爱读，我们自己也爱读。从这个角度讲，以后批评家获得诺贝尔奖也是有可能的，我希望的下一个诺贝尔文学奖得主，就是哈罗德·布鲁姆。

好的批评是可以唤醒人心的。批评的现状，需要批评从业者来努力改变。2016 年，中山大学中文系举办了一次题为"重识文学批评和作家论的意义"的会议，我说不要印论文集了，也不要每人报告言题目了，大家围绕一个具体的题目自由漫谈，才有中心，才有碰撞。我们之前开了太多过于规范的学术会议，大家各说各话，话题没有交集，更没有交锋，会后收获甚微。不如换一种方式，大家围绕一个话题，现场发言，有所思，有所针对，而不是拿出会议论文就念。当下学术秩序太过沉闷，但现状是可以改变的。现在大家都在诟病学术体制、学术评价体系，都不满意现状，却一边抱怨一边迎合，流于空谈，无所作为。可是，文学批评也曾经是传播新思潮、推动文学进入民众日常生活的重要武器，尤其是新时期初，它对一种黑暗现实的抗议声，并不亚于任何一种文学体裁，但随着近些年来社会的保守化和精神的犬儒化，文学批评也不断缩减为一种自言自语，它甚至将自己的批判精神拱手交给了权力和商业，不再独立地发声，也就谈不上参与塑造公众的精神世界。

文学批评的边缘化比文学本身更甚，原因正在于此。

在我看来，文学批评只有进入一个能和人类精神生活共享的价值世界，它的独特性才能被人认知，它才能重新向文学和喜欢文学的人群发声。李健吾说："批评之所以成为一种独立的艺术，不在自己具有术语水准一类的零碎，而在具有一个富丽的人性的存在。"（《咀华二集》）李健吾做批评不是根据那些死的学问，而是根据他对人生的感悟和钻探。他的着重点是在人性世界，所以他的文字有精神体温，有个性和激情，不机械地记录，也不枯燥地演绎，他是通过文学批评深刻地阐明他对文学的热爱和发现。

长期的价值幽闭，导致了当下的文学批评贫血和独语的面貌。这个时候，强调对话和共享，就意味着强调批评作为一种写作，既是人性和生命的表白，也是致力于理解人和世界的内在精神性的工作，它必须分享一个更广大的价值世界——在这个世界中，站立着"富丽的人性的存在"。离开了这个价值世界，文学批评的存在就将变得极其可疑。我同意批评家李静的观点："文学批评，这种致力于理解人类精神内在性的工作，随着'精神内在性'的枯竭而面临着空前的荒芜。人们看起来已不需要内在的精神生活，不需要文学，因此，更不需要文学批评。"（《当此时代，批评何为?》）而真正的批评，就是要通过有效地分享人类内在的精神生活来重申自己的存在。一种有创造力和解释力的批评，是在解读作家的想象力，并阐明文学作为一个生命世界所潜藏的秘密，最终，它是为了说出批评家个体的真理。

这种"个体的真理"，是批评的内在品质，也是"批评也是一种写作"的最好证词。

批评当然也有自己的学理和知识谱系，批评如果没有学理，没有对材料的掌握和分析，那是一种无知；但如果批评只限于知识和材料，不能握住文学和人生这一条主线，也可能造成一种审美瘫痪。尼采说，历史感和摆脱历史束缚的能力同样重要，说的也是类似的意思。以一种生命的学问，来理解一种生命的存在，这才是最为理想的批评。它不反对知识，但不愿被知识所劫持；它不拒绝理性分析，但更看重理解力和想象力，同时秉承"一种穿透性的同情"（文学批评家马塞尔·莱蒙语），倾全灵魂以赴之，目的是经验作者的经验，理解作品中的人生，进而完成批评的使命。

这种批评使命的完成，可以看作是批评活动的精神成人，因为它对应的正是人类精神生活这一大背景。生命、精神、想象力、艺术的深呼吸，这样一些词汇，不仅是在描述批评所呈现的那个有体温的价值世界，它同时也是对应于一种新的批评语言，那种"能迸发出想象的火花"的语言——所谓批评的文体意识，主要就体现在批评语言的优美、准确并充满生命的感悟上，而不是那种新八股文，更不是貌似有学问、其实毫无文采的材料堆砌。我在读张新颖、李敬泽、陈晓明、郜元宝、南帆、王尧、王彬彬、孙郁、张清华、耿占春、何向阳、李静、江弱水等批评家的文字时，会发现他们有很强的批评文体的自觉意识，他们不仅有智慧和学识，还有优美的表达。只是，由于批评主体在思想上日益单薄（二十世纪九十年代以后，批评家普遍不读哲学，这可能是思想走向贫乏的重要原因），批评情绪流于愤激，批评语言枯燥乏味，导致现在的批评普遍失去了和生命、智慧遇合的可能性，而日益变得表浅、轻浮，甚至多被知识所劫持，没有精神的内在性，没有分享人类命运的野心，没有创造一种文体意识和话语风度的自觉性，批评这一文学贱民的身份自然也就难以改变。

批评也是一种写作，一种精神共享的方式。伏尔泰说，公众是由不提笔写作的批评家组成，而批评则是不创造任何东西的艺术家。批评也是艺术，也有对精神性、想象力和文体意识的独立要求，它不依附于任何写作，因为它本身就是一种独立的写作。

文学岭南的一些新质

我们通常讲的岭南文化，由本土文化、中原文化和海外文化所构成，到明清之际，这三种文化在岭南彼此激荡、融会贯通，在政治、经济、哲学和艺术上吸纳了中原文化的精华，又受开放务实的海洋文明所影响，岭南文化便自成一格，形成了极具包容性和创造力的一种地方文化。

这使得它与更宽泛意义上的南方文化有所不同。岭南文化长期处于开放、整合的过程之中，至清朝中后期一度达到高峰。近代以来，岭南文化更是成为中国政治和文化变革的发动机。从洪秀全领导的太平天国运动到康梁发起的戊戌变法，从孙中山倡扬民主革命到历史性地建立中国第一个民主政府，便可看出岭南文化之于中国近代革命的重要意义。梁启超曾从人才地理的角度，提出了黄河流域、扬子江流域、珠江流域三个时期说，并断言清中叶以后，人才是以珠江流域为中心，出现了大量实业人物、革命人物，影响了中国局势的走向。更有人说，珠江文化其实就是一种革命文化。历史学家顾颉刚曾说，他来广东的感受是此地不文，令人不喜。可是，广东人所特有的精神，却是黄河、长江流域一带的人所没有的。陈寅恪先生便对广东学人有高度评价："江淮已不足道，更遑论黄河流域矣。"然而，如此重要的文化一端，如此重要的一个地方，国人对它的认识却是有限的，甚至还常被一些人鄙薄为"文化沙漠"，这样的文化偏见正在被纠正。

今日地处岭南的广州、深圳、佛山、东莞等城市，从文化构成上看，传统农耕文化、现代工业文化和当下的信息文化相互交织，相互融合，在传统文化与现代文化的碰撞中，正在聚合、锻造出一些新的品质。尤其是它所具有的现代品质，它的日常性、前瞻性和未来性，是它最为突出的优长，应该成为文学书写和文化讨论的重点所在。因此，对于如何正确地理解岭南文化，我并不太赞成过度强调历史，并试图通过历史的比照来证明自身文化所具有的深厚积淀。一百多年前的香港只是个渔港，几十年前的深圳也还是个小渔村，它们有多少辉煌历史可言？但这影响它们在现代化发展过程中的重要地位吗？不影响。岭南文化最突出、最独特的价值，就在于一八四〇年以来发展起来的现代文化。中国近代以来的各个时间节点，岭南都是领风骚的。从康有为、梁启超、孙中山，到四十多年前的改革开放，所谓"杀出一条血路来"的精神，这些就是现代文化，也是岭南文化对中国最大的贡献。如果不强调这种现代文化，就忽视了岭南文化的优势。如果只讲历史，深圳、东莞讲得过西安、郑州吗？可为什么深圳这样一个看起来没有多少历史的地方，它的文化产业比西安、郑州做得好？就是因为文化产业是现代文化，与历史悠久不悠久并无直接关联；作为产业的文化，是有可能在另外一种形态上超越性发展的。

真正的岭南文化不重在追忆、回望，而更重如何面对现在和未来。

如何理解这种现代文化、如何书写一个现代社会，正是近几十年来岭南文学最受关注的地方。从二十世纪七十年代末的改革开放始，岭南这块土地就引领着中国社会的巨变，同时也接纳了数以千万计的人移民到这里，社会形态和过去比起来，已经完全不同，文学叙事也必然有了很多新的元素。过去讲岭南文学、广味小说，好像离不开西关小姐、骑楼、叹早茶、粤语，今天若只写这些，就太狭窄了。今日的广东，它既有历史传承的一面，也有现实变革的一面；既是古老的，也是现代的；既有主流的，也有边缘的。这才是真实而内在的岭南。特别是广州、深圳、佛山、东莞这样的城市，最重要的特质就是一种市民生活的崛起，一种现代生活形态的成型，作家们生活在其中，必然要经历它的光荣和梦想、希冀和悲伤。

这也形成了岭南文学新的特点，那就是以日常生活、市民文化为叙事核心。在当代中国，这种软性的市民文化、日常文化，正日益显示出它的魅力，并渐渐成为文化世界中越来越重要的一元。广州就是一个初具模型的市民社会，这是它区别于北京、上海等城市的重要标志之一。广州不像北京，以政治文化、主流文化为主导，它也无法像北京那样获得政治领导权和文化领导权；广州也不像上海，有那么辉煌的中西交融的文化传统和生活习气，它无法将自己的文化传统有效地延续到日常生活中去，并使之成为国人模仿的样板。广州最为显著的特点就是市民生活、务实精神，以及对个体和人性的尊重。这是一个柔软的城市，是一个自由、松弛、能让你的身体彻底放松的城市，一个适合生活但未必适合思考的城市。

这样的城市，出现在作家笔下，他们描绘的重点就日益集中在以下几个方面：一、书写物质生活的全面崛起；二、表现边缘人群的生存状态；三、呈现具有现代特征的变化中的岭南精神。

先说物质生活。物质的力量是现代社会最为重要的力量之一，它在迅速改变现代人的内心和生活。岭南作为中国经济最发达的区域之一，已经开始体会迅速崛起的物质对一个社会的影响和改造。所谓的物质生活，当然包括我们常说的吃、喝、玩、乐，广东人重视这个，看起来庸俗，却符合人性的需求。

也应看到，物质的膨胀，将改变人与人、人与社会的固有关系。看起来是物质的变化，它的背后，其实改变的是人的精神。物质里也蕴含着精神，这是很多人都没有意识到的。物质既让人愉悦，也让人感到受压迫。我感觉，广东年轻一代的作家，有效地写出了物质本身这一复杂的力量，并见证了物质生活是如何成为岭南的主流生活的。但这种对日常性物质的书写，也可能造就一种缺乏血性和深度的写作状态，比较温吞，没有冲击力。比如，广东很多作家的话语方式还显得陈旧，在艺术上也缺乏走极致的勇气。本雅明说，"写一部小说的意思就是通过表现人的生活把深广不可量度的带向极致"。走向极致，拒绝妥协，这是一种令人尊重的写作精神，然而，这种精神，也正在被一种柔软的日常生活所吞噬，这反应在广东作家的写作上，就成了一个矛盾——在描绘一种新经验的同时，也可能陷落在这种经验之中。经验如何被一种精神性的存在所照亮并飞升起来，是广东作家面临的一个难题。

再说边缘人群。广东有大量的新移民，他们从外地来广东生活、工作。在这个竞争激烈的社会，移民在一开始多是边缘人群，移民生活也多是一种边缘生活。当然，边缘人群很多也会奋斗成为主流人群。但在广东，永远有着大量的边缘人群，那么多的城中村，住着那么多的打工者，他们还没有站稳脚跟，过着动荡、不安而又充满干劲的生活。这些人，是最有故事、最有活力的一群，从他们身上，可以看出中国现代化进程中的各种复杂状况。他们虽是边缘人，但也是转型中的中国前进的重要力量。在他们身上，可以发掘出许多新的文学经验。比如前些年王十月的《无碑》《国家订单》，郑小琼的《黄麻岭》《女工记》，塞壬的《下落不明的生活》，丁燕的《工厂女孩》等作品，就有意记录这种现实。他们的写作，是生活在广东的边缘群体极好的精神传记。

而变化中的岭南精神，也和广东拥有一大批新移民密切相关。比如，边缘人群的苦恼、压力、困惑，甚至绝望，就是现代生存经验重要的组成部分。所谓的现代经验，不仅是指享有现代的生活和物质，还得承认现代的困境——精神性的困境。现在的广东，就每一个个体而言，有乐观，也有悲观，有希望，也有绝望。而在过去岭南文学的经验里，精神维度是比较单一的，文学上一讲到岭南，就想到民俗、美食、西关美女等各种世俗化的生活图景，这种写法，现在看来显然是简陋的。必须写出岭南正在发生的巨变，原有的一些生活形态还延续着，但新质的现代性的精神困境也必须诚实地面对，唯有这样，文学岭南的存在才是独异的、全新的。

在文学岭南的新貌中，深圳作家的写作最具代表性。由于深圳文化的多样性和开放性，接纳了来自全国各地的写作者，也就容纳了他们对生活、对世界的各种大胆想象。他们极富差异，众声喧哗，可以说，他们的作品，很好地展示出这座城市的品质。

不同风格的作家共处一个文学场域，各自以不同的方式书写着个人的经验和生活，这就使得深圳文学呈现出了一种新的审美向度。一群有潜质、有才华的深圳青年作家已经成为岭南文学的重要群落。吴君、蔡东、陈再见、谢宏、央歌儿、谢湘南、梅毅、戴斌、秦锦屏、毕亮、卫鸦、王顺健、郭建勋、曾楚桥、孙向学、弋铧、俞莉、萧相风、厚圃、徐东、钟二毛、陈诗哥、刘静好、阿北、蒋志武等人，他们的写作，普遍有着直面真实的当代生活的勇气，他们是深圳生活的在场者、记录者，同时也承受和咀嚼这个城市的创伤记忆；他们的观察与思考，丰富了一个城市的内涵。一个城市有一个城市的文学，这不仅是从地域风貌上说的，也是一个城市精神气质的体现。

深圳地处珠江口东岸，与香港、东莞、惠州接壤，呈狭长形。一个弹丸之地，何以有如此大的容纳力，且能让这么多人对它不离不弃？也许正是在于它杂糅了各种人的智慧和认同感。南腔北调成了深圳精神的正统，这是一种文化活力的表现。有很长一段时间，我觉得深圳更像北方城市，大概初来此地创业的人，很多都来自北方，这影响了这个城市的性格，至少，南方城市的柔软，在深圳并不突出。可这有什么关系呢？北方的，南方的，得以汇聚一炉，这正是深圳的襟怀。早上见面互道"早安"，上酒楼吃精致的点心，这个时候，所有深圳人都是南方的；而回到家里，忙着下面条充饥，或者吃实心馒头，这时的他又成了北方人——离家多年，他终究改不了爱吃面食的习惯。这些细节，都能在深圳作家的写作中找到。他们在书写深圳当代生活的同时，总能从他们的作品背后看到一个精神影子——它来自不同的人的不同记忆，也来自不同的文化和族群，而正是这种杂陈和混合，使得文学深圳并不单一，它看起来是当下的，其实也是历史的，看起来是现代的，其实也隐藏着传统中国的面影。它的宽阔、丰富和无法归类所蕴含的活力、前景，正在把这个城市的文学变成一个当代文化研究的生动标本。

这或许正是文学岭南应有的面貌。因此，生活在岭南，尤其是生活在深圳的作家，不必掩饰自己的口音，不必卸下故土所赋予自己的精神重担，而是要带着这些口音和重担上路，进而激活当代经验，把各种文化、记忆和经验相撞击、相交汇之后的城市奇观写下来。

这是非常值得期许的一种写作，因为一个新的城市及其城市生活的出现，就意味着一个新的文学空间的开创。海德格尔在《艺术与空间》一文中说，空间既是容纳、安置，也是聚集和庇护，所以空间本身的开拓，是持续在发生的事，而新的空间的开创，总是具有"敞开"和"遮蔽"的双重特征。它一方面是敞开的，就是让我们认识到了新的人，新的生活，新的经验；另一方面，也可能是遮蔽的，遮蔽了许多未曾辨识和命名的经验。在敞开和遮蔽之间，才能触及真实的生活景象，才能认识并书写出深圳这座城市的复杂性和多面性。深圳不仅是一个物质的、社会的或技术的空间，它还是一个文学的空间——是那些无法归类的梦想和迷思，才使深圳变得神采飞扬。

只有意识到这一变化，并写出这种变化的过程，文学岭南才是现代的、健全的。当下的中国，变化是一个大主题，一切都在变。文学写作也不应再迷信确切知识，因为不存在一个固化的世界由作家去认领，他必须在变化中把握世界。甚至可以说，现在的广东和以前的广东也完全不同了。现在的广东，其文化主体很难说是以本土的广东人为中心，很多从外地来的人对岭南文化的新变也起着巨大的作用。从文学角度上看，传统的岭南文学的名篇，能传承到现在并一直影响青年人的，已不多。北京有老舍、王朔等人，上海有张爱玲、王安忆等人，他们的书，至今还摆在书店的醒目位置，但广东的一些本土"名著"，在新一代岭南人那里几无影响。而像杨克、肖建国、田瑛、杨争光、邓一光、张欣、艾云、薛忆沩、南翔、熊育群、陈启文、卢卫平、魏微、盛可以、王十月、李傻傻、吴君、詹谷丰、塞壬、严泽、寒郁、王威廉、徯晗、蔡东、冯娜、庞贝、徐东、丁燕、马拉、旧海棠、郭爽、钟二毛等一大批作家，都是外省人，但这些从外地来广东的作家已经构成了岭南文学最重要的书写力量，他们的许多作品，也为我们重塑了一个文学岭南的形象。

这一点，在诗歌写作上体现得更为明显。从诗歌写作的人口和诗歌活动的热度而言，大家都说广东是诗歌大省，这是有道理的，尤其是杨克主编的《中国诗歌年鉴》、黄礼孩主编的《诗歌与人》、莱耳创办的"诗生活"网站，在诗歌界都成了极为重要的符号。以这三个阵地为中心，广东活跃着一大批诗人，他们也组织了很多有意义的诗歌活动。有人说，广东这地方务实、世俗，缺乏诗意，产生不了好的诗歌。很显然，这也是文化偏见。诗意在哪里？其实就在日常生活里，就在那些渺小的人心里。诗歌并非只与天空、云朵、隐士、未来有关，它同样关乎我们脚下这块大地，以及这块大地上那些粗粝的面影。广东的务实与宽容，有效地抑制了诗人那种不着边际的幻觉，广东的诗人们聚在一起，不是高谈阔论，而是很实在地写作、表达、生活，这是一种更为健康的诗歌气氛，它使诗歌落到地面上来了。即便是那些从外地来广东定居的诗人，时间久了，也会慢慢融入这种语境。

一个地方的地气，必然会滋养一个地方的写作。或许，正是因着这种滋养，使得岭南的文学写作，有着比别的地方更精细的经验刻度，以及更诚实地面对现实的勇气。尤其是很多年轻作家的写作，现实感很强，他们重视对当下经验的省思，也对新的人群、新的时代症候有独特的敏感——正是通过他们的写作，众多打工者的叹息声、街头巷尾的市声、改革大潮中的喧哗声、乡村记忆与城市生活的争辩声等等，能被更多中国人所听见；也正是通过他们的写作，广州、深圳、东莞这些响亮的名字有了更丰富的生活细节。这些声音和细节，构成了文学岭南的肌理，它们是中国文学书写中不可替代的现代经验、南方经验。

尽管传统与现代、历史与现实、本土作家与移民作家如何结合和互动，这依然是一个新的课题，值得生活在广东的作家们思考；尽管比之岭南这片土地所贡献的极为丰富而复杂的现代经验，广东作家还远没有写出与之相称的大作品，但任何新的经验都需要作家长时间地去咀嚼和消化，任何一种新的文化形态的建立，都要凝聚好几代人的努力。如今，可以看到的事实是，一个新的文学岭南正在建构之中，这些新经验、新形象，以及观察世界的新角度，都是之前的中国文学书写中所没有的，这些写作新质，或可视为文学希望之一种。

关于"粤派批评"的几点感想

上个月我在福州刚刚参加了第三届闽派文艺理论家批评家学术活动周,"闽派批评"这个命名,据说源自王蒙在一九八七年发表的一篇文章,他基于当时很多批评家是福建籍的情况,说闽派已经形成了和京派、海派三足鼎立之势。王蒙的说法有一定的依据。确实,二十世纪八十年代的批评界,闽籍的批评家几乎占据了中国批评界的半壁江山。今天为什么重提闽派呢?一定是有缘由的。重提不完全是为了追忆八十年代闽派的辉煌,主要在于焦虑后继乏人。我们曾经辉煌过,现在没什么人了,闽派在全国有影响力的年轻人比较少了。有了这个焦虑,就会希望通过流派概念的重提或者群体的聚集,形成一种氛围和契机,以带动更多的人接续这个传统。这肯定是一件好事。

"粤派批评"应势而生,也有它值得分析的原因。长期以来，广东经济总量居全国第一，媒介又比较发达，但文化话语权一直不够，这也使广东一些文化人或文化主管领导焦虑。广东文化的特点是比较松散，各人干各人的。没有概念的凝聚，没有一些特殊的契机，团体的力量不容易昭示出来，这也是事实。

文化焦虑有时可以促进文化的发展。就好比二十世纪九十年代，大家感慨于长篇小说创作现状有点弱，上至中央下至地方，都提倡发展长篇小说，到现在，据调查，每年出版的长篇小说大几千部，仅一年的长篇小说出版量，就超过了"十七年"时期的好几倍。因此，文化焦虑会使得大家想做一点事情，"粤派批评"的提出，是不是跟这个语境也有一点关系？

对这个概念的提出，我有三点感想。

第一，"粤派批评"的提出有它的基础和合理性。人才的出现和地理之间的关系是不可否认的，一个地方的风土人情、文化氛围，对那个地方人的性格、学养的塑造是有很大关系的。梁启超专门做过关于人才地理学的研究，按照他的观察，北宋以前，人才主要以黄河流域为中心，以军事人物为主；清中叶以前，人才主要以扬子江流域为中心，以文化教育类的人物为主；到了鸦片战争之后，近代以来，人才是以珠江流域为中心，以实业人物为主。近代以来的很多实业，都是在广东创办的。改革开放以来，广东在实业方面的成就也非常显著，很多大企业都是从广东起步的。这种概括非常粗疏，不一定经得起推敲，但确实从一个侧面说出了人才与地理之间的关系。高原适合于畜牧，平原适合于农业，滨海、河渠适合于商业，所谓苦寒之地的人比较会打仗，温热之地的人比较重文化，这些大的概括并不是全无道理。一个地方会产生一种性格、一种学养的人，是有一定理据的。

但随着时代的变化，尤其近些年来，人才迁徙的便捷、频繁，广东作为全中国汇聚不同人群最多的地方，地域性的特征慢慢就变得不那么明显了。在这样的背景下，要概括出一个新的文化群体的特点是很难的。我们现在所罗列的粤派批评的人才，本身就是来自五湖四海、全国各地，他们必然带着自己的口音、记忆以及各种文化积存来到广东，这些东西也必然会参与到广东的文化创造之中。因此，以地理边界来描述一个地方的批评面貌，固然有其合理性，但大家也没必要对这样的概念过于执着，它只是一说而已，目前无法做出严密的论证的，你过分当真，就会发现这样的概括有时漏洞百出，很难自圆其说。

第二，粤派批评有自己鲜明的特点。刚才说，珠江流域主要是出实业人才，而但凡做实业的，都比较重视面对具体的问题，解析具体的现象，照着自己设定的目标去做，一步步走，踏踏实实，不太迷恋空谈。这个特点是鲜明的。比如，粤派批评中，非常显著的是文学史家集中，如果按籍贯和工作地算，洪子诚、温儒敏、杨义、陈平原、陈思和、黄修己、饶芃子等人，都和"粤"字有关，中国现当代文学史书写的一多半重要学者都和广东有关。重历史、重资料、重实证，这些是文学史家最重要的特点，比如洪子诚是做文学史研究的人，他不单文学史做得具体、仔细、恳切，人也很实在，给人一种非常务实的感觉。

这种务实，是广东人的一大优点。广东人喜欢面对具体的事情，埋头苦干，崇尚"实学"，这是好事。但同时我们也要看到，过分崇尚"实学"，有其优长，也有它一定的局限性。做实业，可以一味地务实，可是做理论和批评的研究，就要看到，它既是"实学"，也是"虚学"，甚至很可能还是一种充满奇妙之思的玄学。如果理论研究太"实"了，没有一点务虚、超拔、不切实际的神思，这种研究必然会面临很大的局限。

为什么这些年广东提不出大的理论，没有大的理论构想，领不了思想风潮，甚至从来没有想要引领理论和批评发展趋势的气魄？我认为，它跟广东过分重视"实学"，缺一点"虚学"的气度和情怀大有关系。理论批评是思想和精神的创造，但凡思想精神方面的创造，想要有新见，还是要有一点务虚的、不切实际的玄妙之思的驱动。这一点，尤其值得广东学人重视。

　　第三，强调流派的同时，仍要重视个体的意义。精神创造更多是源于个人的省思，流派能不能助力其发展呢？当然可以。尤其在一个人的上升过程中，需要被团体容纳，需要有合力，需要有群体对他的肯定和推动。但任何理论创造和批评实践都是个体的，个体的意义至关重要，我们不能因为有了"粤派批评"这样的大概念，就对那些个体的努力大而化之。

　　精神创造这事很有意思，有时一个人的高度就可以决定一个地区的文化高度，一个地方的成就与面貌如何，往往与某个重要的个体关系密切。譬如上海有王安忆，陕西有贾平凹，谁都不会忽视这两个地方的小说；福建有舒婷，云南有于坚，谁都不会忽视这两个地方的诗歌。除了这些庞大的个体，这些地方未必有一个多强的写作群体，但一个地方的文化高度往往是由某个人的标高来参照的。为什么广东的文学一直处于四平八稳、略显平庸的状态？很大原因就在于，广东缺一个类似于王安忆、舒婷或者贾平凹这种符号性的、体量比较大的、一个人就能建立起一个高度的人物。这会影响别人对广东文学的评价。正因为如此，我才一直呼吁，要重视个体的意义。尤其在今天这样一个时代，迁徙、流散如此普遍，任何个体都不再局限于他生活的地方，很多作家已经不完全属于广东，他在全中国跑，在全世界跑，他是属于中国的，也是属于世界的。不管他写不写广东，都要重视他所做出的创造。

　　个体的意义有时大于团体的意义。也许，从策略性的意义上讲，我们需要流派，以期发出团体的声音，但不要因此就忽略对个体的重视，而是要更大胆地肯定个体的意义。据我了解，广东的批评界，现在有很多年轻人起来了，如果说"粤派批评"，永远就是一些老面孔，那年轻人的声音在哪里？他们的希望在哪里？强调重视个体，就是要在一个人二十来岁三十岁的时候，他刚刚冒出来的时候，就重视他的潜质，重视他可能有的未来。因此，在倡扬流派与重视个体之间，需要一个平衡点，不能有所偏废。

"闽派批评"的三个品质

　　闽人善论是一个不争的事实。"闽派批评"作为一种现象，如果国内要找相似的，和地域有关的文学现象与之匹配，可能只有广东的文学史家这个现象。广东籍的文学史家很多，洪子诚、陈平原、杨义、陈思和、温儒敏、饶芃子等一大批人，原籍都是广东，中国当代所编撰的文学史，半壁江山出自广东籍的人。广东籍的文学史家这一现象若成立，"闽派批评"这一现象也是成立的。

　　由这个现象，令我想到大家经常说的一个观点，那就是，人才都是扎堆的。它跟地域真是有密切关系。梁启超发表过关于人才地理学的论述。他说北宋以前，中国的人才是以黄河流域为中心的，这个时期主要出军事人物；清中叶以前，人才是以扬子江流域为中心的，主要出文化和教育人物；清中叶以后，人才是以珠江流域为中心的，主要出实业人物。这个概括不一定准确，但从客观上讲，人才和一个地方的风习、水土是有关系的。

我个人就深深受益于福建这个地方，受益于闽派批评。我读大学的时候，受教于孙绍振、王光明等老师，我还为光明老师抄过书稿。我通过他们的教导，包括给他们抄稿子，确实深受教育。而在我成长的过程中，像谢冕、张炯，包括陈晓明、南帆等师长，都对我有过很多具体的教诲。所以，地方性的群体力量，对我们这些当时正在上升通道中的年轻人来讲，是有很大帮助的。

如果"闽派批评"这一现象成立，那我从这些前辈身上，主要学到了些什么? 闽人善论，有哪一些共同的特点? 我初步想到的有三点。当然，这三点也许不一定是闽派批评所独有的，但它非常突出，令我印象深刻。

第一，闽派批评家的文章有思想锋芒。这对于批评来说，是非常重要的品质。我们可以简单回忆一下，像谢冕、孙绍振，包括像刘再复、林兴宅、南帆、陈晓明，还有朱大可等人，都参与了一些重要的文学论辩，他们的文章都有一种思想论辩的风格。林兴宅说，如果批评没有思想资源，也不能生产新的思想资源，生命力是有限的。我同意这一点。我个人其实也很警惕批评成为一种纯技术主义的分析。一个好的批评家，还应该是一个有思想、有理论创造力的人。

这一点，闽派批评确实具有和其他地方的批评不一样的风格。当年谢冕、孙绍振他们参与朦胧诗的论辩，在当时是承受着巨大压力的。舒婷也跟我说过，她当年写那些诗歌，也是顶着巨大思想压力的。这决定了他们的批评或诗歌具有一种思想的锋芒、胆识和勇气。这是很了不起的。不惧权威，敢于挑战现有的文学秩序，并通过一种思想论辩来澄清问题、解决问题，这不仅是一个批评的专业问题，也是一个立场和姿态问题。

第二，闽派批评家的文章有艺术解释力。一方面，批评家要有艺术感觉，另一方面，他也要有一种把自身的艺术感觉解析出来的能力。这一点，闽派批评是很突出的。朦胧诗为什么好，你要从艺术的角度作出解释，你要告诉我们，这为何是新诗发展的一个新阶段，它在艺术上为我们提供了什么新的美学原则。这就是解释力。当年以孙绍振老师为代表的闽派诗评，是很精彩的，真正助力了新诗的崛起。孙老师还写过一篇著名的四万多字的长文，叫《中国新诗的第一个十年》，这是目前我读到的、从艺术角度解释新诗发展头一个十年的最精彩的文章。孙老师在文章中分析了新诗从胡适开始，到郭沫若、徐志摩、闻一多，再到戴望舒、冯至等人，艺术内部到底发生了哪些变化。关于这个问题，在国内学术界，孙老师讲得最透彻。

还有，当年陈晓明从后现代理论中，南帆从符号学理论中汲取资源，解读了先锋小说，以及王光明、陈仲义等人对现代诗的细读，颜纯钧对电影的阐释，都提供了一种艺术解释的方式。这种艺术解释力，其实是现代批评中比较匮乏的。现在的批评，普遍比较空疏，多讲批评的趋势、思潮，展望未来文学要走到哪里去，但是能够具体分析一篇小说好在哪里，一首诗好在哪里，一篇散文的创新点在哪里的人，太少了。而闽派批评提供了不少强有力、具有原创性和可操作性的艺术解释的方法，比如，孙绍振的艺术还原法，刘再复对于形象的解释，陈仲义对新诗的细读和分类，都是具有方法论意义的。这些理论和批评读过之后，让人觉得对一篇具体作品的分析，变得不那么困难了。所以，在艺术解释力方面，闽派批评的优势是非常突出的。

第三，闽派批评家普遍有文体意识。这些前辈批评家，每个人的文章都很漂亮。梁鸿鹰说，有很多人的文章，都像美文一样。对此，我受益尤多。文艺批评今天被边缘化、小众化，固然有整个文学形势变化的因素，但也不能否认，批评家自己的那套话语，自己那种晦涩的行文方式，不说是自绝于读者，至少和读者之间制造了一种隔膜感。文章不好读，没文采，这是要命的。而像谢冕文章的激情与优美，孙绍振文章的文本分析能力，刘再复文章的那种情怀和厚重感，南帆、朱大可文章中的修辞，陈晓明文章那种雄辩的风格，都给我留下了深刻的印象。

　　他们不单是在做批评，也是在写文章。中国人讲"文章千古事"，强调的是文章本身，而未必是观点。有的时候，观点会过时，甚至你论述的那些作家，后来的人已完全不知道，但是批评文章本身依然可读，这就了不起。李健吾的文章，就有这种文体魅力，尽管他评的一些作品，今日已无人再读，但他的批评文章，一直还再版着。这种文字魅力，很大程度是来自作者强烈的文体意识，文章有一种叙述之美，具有某种修辞意义上的范本意义。闽派批评家无一例外都有这种文体自觉。

　　当然，很多批评家都有思想锋芒、艺术解释力和文体意识，但这些特点在闽派批评家身上更突出。而我认为，这三者的统一，构成了文学批评最重要的基石。其实，不单是闽派批评，整个中国批评界，讲到变革和创新，无非是要实现在思想锋芒、艺术解释力和文体意识上的统一。我个人在这三点上受益于闽派批评的滋养，一生都感念。

作文后面藏着民族精神

中国自古以来讲"文之为德也大矣","文"是民族精神和个体思想的生动表达。文运与国运相牵，推崇的正是文的重要意义。文风正大，国家气象磅礴；文风雄强，民族精神刚健。"五四"以后，知识分子的概念代替了传统的读书人，知识的门类增多，以科学、技术来贬抑人文、艺术的状况一直存在，甚至在一些人心目中，"文"是和务虚、矫饰相关的词，常遭鄙薄，中华文脉的承继历经了不少困难。

近年来，重文的传统开始恢复，多数人意识到，如何让科学与人文相得益彰，才是民族发展的正途。我们需要科技的进步、生产力的提升，更需要有"文"作为核心载体来诠释我们的民族精神、国家价值。于是，如何通过重视语文教学来更好地守护一种文明、掌握一种语言，借此展示出更具辨识度的民族精神，又一次成了教育界的中心话题。推广全民阅读活动，有效提升学生的母语表达能力，让语文科目的分数在高考总分中占比更高，这一系列举措都表明，接续一个民族伟大传统的一个便捷方式正是崇文、学文。

以文化人仍然是最好的教育方式之一。

语文教育的核心是作文。作文之道是语言之道，也是人生之道，它不仅是一种技能，一种字词教学的延伸，更是检验一个人是否具备健全的理智与情感最直观而雄辩的方式。从传统上说，无论是汉代的贤良方正制度，还是始于隋朝的科举制度，几乎都是一篇文章定终身，这种选才方式是中国仅有的，虽然后来英国的文官考试也是学中国，但远没有中国彻底。我们现在实行的课堂教学和标准化考试制度学自西方，它对于人才的快速、批量培养起到了积极的作用，但由此把作文教育缩减为各种课程教育中的一小部分，以致出现了很多数理化拔尖的人才不会写几百字的作文，可以说满口流利英语却无法把母语写得文从字顺的状况，这是教育上的一种偏颇。有人呼吁，不仅要提高语文分数在高考总分中的占比，还要大力提高作文分数在语文总分中的占比，这并非全无道理。我国二十世纪五十年代的高考，作文总分占比就远超现在，如今的高考制度中，语文总分一百五十分，作文占六十分，比例明显偏低。

为什么作文教育如此重要？中国是文章大国，作文可以最充分地展现大国风华。古人视文章是立身之本，是个人修为，更是"经国之大业，不朽之盛事"。文章里面藏着国家和个人的精神密码。读好文章，让人顿觉天地清明；写出好文章，也给人豁然开朗之感，所谓"文章可华国"，还真不是一句虚言。中国有深厚的读书、作文的传统，今天的读书人之所以常感苦痛，很重要的原因就是读书之风日颓、文章传统几乎中断。现在许多学生，虽说也日日苦读，语文课上，字词句段、修辞手法、中心思想，样样都学，但与中国的文章传统却相去甚远。把握不了文章的精意，感受不到文章的气势，无法与文章背后那个健旺的灵魂对话，文章被图解为一些僵化的修辞，作文之道更是严重模式化，这种教育弊端大家都有目共睹，也都在探求对策。

每年高考结束，引起最大关注和争议的，往往就是作文。题目是否可以让学生说出心中所想、是否能发挥他们的写作才华，一直是社会热点。这一方面表明，作文在国人的心目中依然有崇高的地位；另一方面也表明，很多人想通过反抗一种模式化的作文方式来重续中国悠久的文章传统。

中国是一个很独特的国家，她没有西方式的、终极意义上的宗教传统，但这不等于说中国人就没有自己的信仰了。中国人所信仰的是文。多数的时候，他借由文来抒发、表达自己的情愫，自己的信念。林语堂说"中国诗在中国代替了宗教的任务"，蔡元培提出"以美育代宗教"的理论，都是因为认识到，中国从根本上崇尚的是人文精神。文以载道，以文化人，这是中华民族最突出的文化品格，它决定了中国人看待世界和人生的方式不是宗教性的，而是人文主义的。

西方人常常把人生的终极目标理解为神圣的、超越的、救赎的，而中国人却常常把人生的最高境界看作是诗意的、审美的、艺术的，二者之间有巨大的差异。诗意、审美、艺术的人生由什么来承载？文。文的核心又是诗。所以在中国人的人生结构中，诗意的人生比充满功利色彩的人生，甚至比遁入空门的人生更高一个层次——即便和尚，中国人也更尊崇那些会作诗的和尚。很多人觉得吟诗、写字、作画、刻章、遛鸟、养花，比赚钱更富审美价值，隐居也比入世更具诗意，它背后的价值参照正是按照诗的精神来设计的。

离开了文的传统，你无法真正理解中国的精神内涵，也无法遇见那些伟大的中国人的灵魂。我们经常说的先秦思想、汉唐气象、明清气韵，都藏在了历代的雄文、美文之中。语文教育、作文训练应该和这个伟大的传统对接，让学生重新认识一个民族的风华、一种语言的成就。修辞、字词只是文章的基本，文章的大道是对民族记忆和个体灵魂的认知，作文教育担负的使命，也必须与此相关。

新一代成长起来，是否有大视野、大志向，是否追求做一个堂正而有担当的人，与他所受的作文教育大有关系。如果新一代都在经营辞藻、学习套路或者思想投机，都在揣摩改卷老师可能有的趣味，那么我们将不能在作文中看到孩子们真实的情感和思想，也不能让他们通过写作和阅读领略先贤们光明、伟大的灵魂之美，那么民族的风华如何展现？精神的血脉如何传承？

"情深而文明，气盛而化神，和顺积中而英华发外"，语文教育、作文教育是美的教育、人的塑造，也是民族精神的诠释。应该站在这个高度上来认识作文的意义，并创新我们国家语文教学和作文考试的方式。具体到个体而言，作文也是认识自我的绝佳方式。学生的自我还在成长和变化之中，许多潜藏的心灵暗角，他们自己也未必全知，在众多表达自我、理解自我的方式之中，写作是最深入、最富情采的方式。我们经常教导学生，要写好作文就要多贴近生活，贴近生活其实就是贴近自我；我们称赞一篇作文写得好，其实就是称赞这篇作文中有作者独特的发现和感受。如何发现生活的美，如何正确地看待人生和世界，如何不落俗套地思考问题，这些都有赖于自我的建立。即便是相同的作文题目，也要学习找寻属于自己的角度，有不同于别人的表达，这就是创造精神的培养。其他一些科目的教育，比如数学、物理、化学，都是寻找公共答案，是印证已有的科学，而作文最需警觉的恰恰是公共表达，它不是求同，而是求异，是重在表达个体的真理。你所看到的事物、表达的见解越特殊，越有说服力，这篇作文的价值就越大。

作文教育为孩子的情感抒发、自我建构保留了一个精神通道，它是千姿百态、形象各异的。没有现成的结论可用，不能照抄已有的表述，又要完成对一个人、一件事的记述，完成对一个问题的思索，那就要开动自己的想象力，学会用自己的眼睛观察，用自己的心感受，并善于捕捉和定格自己精神世界里的秘密。这样的思维训练，是精神成人的过程，也是人类思想丰富性的具体表现。

人类是一个个复杂的个体，智慧的边界、人性的可能性、灵魂的深度，人类还远没有穷尽，还一直在探索之中。假若每一个人都贡献智慧、提供创见，都记录自己的所见所闻所想以丰富人类经验的库存，人类的精神探索就不会停止。不少人担忧，中国的一些孩子个性不足，创造力相对匮乏，他们困于各种考试而不敢有冒险精神。这或许是一种现实，毕竟在强大的竞争压力面前，求稳是多数人的心理选择。要改变这种境况，创新作文教育就是一个很好的入口，因为作文可以发展学生的想象力、思辨力，培育一个有创新精神的自我。

由作文而有的语言训练，也是最好的思维训练。你观察到了，感受到了，也想把自己的观察、感受和想象表达出来，但如何组织语言、如何找寻到最佳的表达方式，是一个难题。既要遵从文体规范，又要准确地传达自己的意思，还要在文采上有风格、有特点，这种语言驾驭能力、文体驾驭能力的培养，可以把人带到一个虚拟与想象的世界，一个纯逻辑与思辨的世界，通过思想来实现一种精神遨游，这种创造性的思维训练是其他教育方式难以企及的。

因此，作文教育是情感教育、审美教育，也是语言创生能力的教育，必须从小开始引导、训练。

语言是民族精神的结晶，语言的创造力是民族活力的体现，如何让一代又一代学子对民族语言保持浓厚的兴趣，并熟练掌握运用这种语言的能力，既是作文的意义，也是教育的责任。一定要遏止学生对作文的厌倦情绪，在他们可塑性强的学生时代，让他们在文的学习和写作的训练中，见识到民族精神的风华，体察到自我意识的成长，并能够在语言中创造一个想象或思辨的世界。王阳明说："今教童子，必使其趋向鼓舞，中心喜悦，则其进自不能已；譬之时雨春风，霑被卉木，莫不萌动发越，自然日长月化；若冰霜剥落，则生意萧索，日就枯槁矣。"是在兴趣中热爱，在热爱中"萌动发越"，还是在一种僵化、模式化的教育下"日就枯槁"，这完全是两种精神面貌，也预示着两种未来。中国是一个有伟大的文章传统、写作传统的国家，完全可以通过不断创新的作文教育，让这种传统重放光芒。

中国电影的繁华与空洞

讲到中国电影，我想起一件事情。张国荣去世多年之后，梁朝伟有一次来内地做活动，他走出机场，很多人大喊他的名字，梁朝伟并不回应，一直低着头往前走，后来有一个人突然大喊："黎耀辉，你还记得何宝荣吗？"这时，匆匆走路的梁朝伟停了下来，转身点点头说："记得。"这场景挺感人的。黎耀辉和何宝荣是电影《春光乍泄》里的人物，是由王家卫执导、梁朝伟和张国荣主演的一部作品。我相信这位观众的呼喊肯定触动了梁朝伟的记忆，这就是艺术，它可以通过形象的塑造，让人觉得一个虚构的人物就像真实的人物一样，就生活在我们中间。

由此我又想到，喜欢中国电影的朋友们，还记得余占鳌和九儿、段小楼和程蝶衣、马小军和米兰、福贵和家珍、颂莲或秋菊吗？这些都是二十世纪八九十年代几部电影里面的人物，这种记忆，一下子就让我们回到了一个电影的辉煌时代。从《红高粱》一九八八年获得柏林国际电影节金熊奖开始，一直到二十世纪九十年代中期，是中国电影的黄金时代，那时，国际上所有 A 类电影节或 B 类电影节都会有一部中国电影获奖，中国电影也由此赢得了较高的国际影响力，出现了一批知名度很高的导演和演员。可惜好景不长，大概从九十年代中期开始，中国电影工业濒临崩溃，一方面电影不断获奖，另一方面电影市场越来越差，屏幕越来越少，甚至很多电影院都被改造成了歌舞厅、娱乐厅。电影艺术质量与电影票房之间的关系并不成正比。

　　另一个关键的时间节点是二〇一〇年，中国电影票房突破百亿元，这是一个标志性的数字。十几年前，一部电影如果票房过亿，便是一件大事，如今，每年票房过亿的电影已有大几十部。二〇一八年票房过十亿的电影都有八部了，电影总票房突破六百亿元，都快赶上北美电影总票房了。这么庞大的市场对于电影工作者而言，确实是件值得兴奋的事情，就连美国好莱坞也对中国电影市场抱以极大的期许。但是，中国电影票房的狂飙突进并没有助力中国电影艺术水准的提升，繁华的背后恰恰隐藏着深刻的艺术危机，尤其是艺术审美和精神原创力的匮乏，使得中国电影并未发出自己独特的声音，跟风、堆砌、唯商业化的倾向越来越严重。虽然我也并不赞成导演都去拍艺术片，但如此巨大的票房背后如果没有艺术片的生存空间、上映档期，也是一件悲哀的事情。

电影作为一种文化工业，既要重视它的商品特性，也要重视它的文化逻辑，两者的冲突和矛盾会一直在，但也会一直共存、一起发展，关键是如何平衡两者之间的关系。

电影作为国际化程度极高的文化名片，一直是诠释民族精神的重要通道。电影可以调动各种艺术手段，在很短的时间里讲述一个故事，并探索人性的复杂状况，这是别的艺术介质所不能替代的。电影语言可以超越国界，这决定了电影在国内与国际的影响力是同步的。一部好小说写出来，往往要多年之后才会被翻译，而好电影却可以在世界各地同步上映。这也充分说明，社会正从文字时代过渡到形象时代，在这个转型中，电影扮演着极为重要的角色。它意味着，阐释的时代正在远去，娱乐化的时代已经来临；追求意义的时代正在远去，追求感官享受的时代已经到来。文字阅读的过程更多的是求得文字背后的意义，但图像是一个景观，是视觉、听觉等各种感官的全面享受。形象时代的来临，表明影响民众的已经不再是儒、道、释这些传统思想，而更多的是电影、电视、动漫、流行乐、网络游戏等消费文化，这些新崛起的艺术形式正在重塑民众的精神结构（尤其是年轻人的价值观），而电影作为最国际化的一种艺术样式，对新一代的影响是极为明显而有力的。

二十世纪八九十年代，以"第五代"为代表的中国导演之所以频频获奖，是因为这些导演普遍背负着文化使命感。他们对民族忏悔、文化自新、文化批判怀有诚恳的热情，并一直在电影里寻找中国符号，试图建立起自己的艺术面貌。他们觉得自己这一代人有义务还原和追问历史，有义务讲述好民族的故事——正是这种使命感创造了那个时代的辉煌。《红高粱》里对生命的礼赞，《霸王别姬》里艺术至上人格的建立，《大红灯笼高高挂》里的形式感及对色彩的偏执追求，《阳光灿烂的日子》里的镜头转换和抒情性，既有一种艺术仪式感，也挥洒着一种生命激情。这个时期的导演都有一种艺术抱负，他们对民族精神的审视、民族历史的讲述，应用的是自己的艺术语言，进而极大地改写了中国电影的现状。

但今天的中国电影，由于过度商业化而面临精神荒芜、艺术空洞、趣味单一的危机，失去了艺术追求之后，中国电影的国际影响力也在不断衰退。尽管电影票房的增长、电影工业的成熟，很好地训练了投资人和导演，为电影的产业化打下了坚实的基础（至少如今的电影人在特技、制作、剪辑、传播以及对观众口味的研究和分类上，积累了很多有价值的经验，这种技术层面的进步，确实为中国电影补上了重要一课），但中国电影日益空洞化、庸俗化，也是不争的事实。

造成这种困局的原因很多，但我以为，下面几方面的缺失也许最为突出。

　　一是不重视编剧，不重视故事的讲述和人物的塑造。当下中国很多导演过于自信和专断，很多电影、电视剧编剧名字上都有导演的名字，而且都排在第一位。从这个细节可以看出中国导演的傲慢和自得，以为自己什么都能干。事实上，编剧是非常专业的活，如果不尊重编剧的专业精神，肆意改动、穿插，肆意设计、安排一些角色、场景，肯定难以拍出好的电影。我听有"中国第一编剧"之誉的芦苇讲过，他写《霸王别姬》《活着》这些电影剧本时，陈凯歌、张艺谋等导演都是踩着自行车、带着馒头到他住处彻夜聊本子，对编剧有一种发自内心的尊重，更不会随意把自己的名字放在编剧的名字前面。我想，这种谦卑精神是造就那一时期电影辉煌的重要原因。

　　正因为如此，那时很多获奖电影都改编自小说，有非常好的文学基础，人物立得住，有精彩的故事细节和精神底蕴；而当下很多商业大片都是导演跟几个人一起聊出来的故事，往往缺乏生活和历史的根据，漏洞百出、不知所云。就此而言，中国电影比之中国文学，存在很大差距。包括那些票房惊人的电影，几乎都没有讲清楚过一个故事，也无印象深的对白片段。程永新在一个采访中说，《流浪地球》这样的电影就如当年的"伤痕文学"，影响很大，但多年之后再回头看，会发现极其粗糙。《我不是药神》也是，对社会的认知、表达都简陋，但有一点情怀便足以让很多人感动。《无问西东》更是如此，一味地强调情怀，而忽略了电影叙事的严密、电影制作的精良，不单几个故事之间的关系处理不清楚，在叙述一件事情和塑造一个人物时也缺乏合理的铺垫。今日的中国文学，在叙事能力上已远超"伤痕文学"时代，而电影《流浪地球》的特效也已接近好莱坞水准，但在叙事、表演、对白、情理逻辑上仍显幼稚。刘慈欣的原著，文学水准谈不上多高，至少语言一般，但也远超电影人的见识。带着地球流浪的创意极具原创性，格局广大，呈现在电影中却只剩一些精神杂碎。张艺谋刚出道时说，文学是电影的拐杖，如今的导演多金而傲慢，普遍思想平庸，却轻忽编剧环节。无文学造诣，堆再多钱也做不好一个匠人，更遑论成为艺术家了。

讲不好一个故事，人物塑造、对话旁白也就难以出彩。好的电影对白是非常讲究也非常节省的，甚至不用对白，靠眼神、动作就能让观众印象深刻。艺术还是要有仪式感，要有欲言又止、只可意会但能给人无穷想象的东西。印度电影《小萝莉的猴神大叔》里，那个六岁小女孩演得多好，全程一句台词都没有，但她演得令人心疼，这就是电影艺术。很多的印度电影，包括很受欢迎的《摔跤吧！爸爸》《起跑线》《神秘巨星》等，其实叙事上都无多少新意，甚至还用很老套的讲故事的方法——比如插进非常长的歌舞场面等，但由于印度电影往往有一个好故事，而且人物性格、情感的完成度很好，就能感动观众。中国电影也曾经讲过很好的故事，像《霸王别姬》《活着》《秋菊打官司》等，都令人印象深刻。而像《霸王别姬》里这样的台词，"说好的一辈子，差一年，一个月，一天，一个时辰，都不算一辈子"，更是中国电影里极为经典的对白了。但由于对编剧环节的漠视，这样的故事和对白，如今很难在中国电影里见到了。

剧本的好坏是一部电影的根本。有的时候，一个细节的疏忽、一句对话的穿帮、一件事情或一种命运的逻辑扭曲或断裂，都会瓦解我们对整部电影的信任。故事如何层层推进，人物命运如何合理地转折，时代背景、风俗人情如何交代，说出来的部分如何与沉潜在底部的、沉默的部分对话，这是艺术的匠心，也是电影的光彩所在。假若无视这一艺术根本，电影就会只剩一个技术的空壳。张艺谋的很多商业大片，像《满城尽带黄金甲》《长城》《影》，就是如此，场面壮观、色彩考究、器物精美、摄影也多有亮点，唯独缺一个强有力的故事内核，无法在叙事的演进中落实一种精神和命运，技术上再有追求，终归显得空洞。

二是导演和制片人都太迷信资本的力量，缺乏艺术的专业精神。我并不想否认资本之于电影的意义，资本对于电影工业走向成熟是至关重要的，但在电影艺术面前，资本不是万能的，至少它不能替代一切。比如，当下很多电影人把明星阵容看得比电影质量更重要，但一大批明星挤在那里，电影也未必成功。真正有自信、有能力的导演，是可以培养和塑造新演员的。张艺谋当年可以把中央戏剧学院的学生（巩俐、章子怡）培养成电影明星，现在好像大家都不太相信新面孔了。又比如宣传，很多电影都是狂轰滥炸式的，通过各种买版面，买票房，以为宣传比内容更重要，票房比口碑更重要，只记得电影是商品，而忘记了它还是一门艺术。

　　一部电影有没有艺术的原创精神、专业精神，专业观众是一眼就可以看出来的。细节是否有漏洞、场景是否真实、道具是否讲究、对话是否准确、心理铺垫是否充分、故事逻辑是否成立，等等，都是需要打磨的，这就叫专业精神。我很钦佩李安导演，他拍一部电影要几年时间，但每部电影他都有新的思考，在电影艺术方面他真的是追求精益求精。像《色·戒》这样的电影，价值观上可以争论，但就电影而言，肯定是一部优秀的作品，它不单还原了那个时期民国生活的质感，关键拍得如此细腻，把人心内部精微的转折捕捉得那么准确。王佳芝和易先生之间的关系，从无爱之欢到由色动心，再到用性来救赎自己，这些微妙的转折，李安铺垫得非常充分。包括几场床戏，确实不能删，删完之后，这部电影很多人就看不懂了。我看过李安导演和龙应台的一个对话，他说，为了找寻那种时代的感觉，电影里面出现的电车，他是按当时的尺寸做的；车牌大小也是按当时的样式做的；易太太他们打麻将的桌子，是他花了几个月的时间才找到的民国时期的桌子；桌子后面那个钟馗像也是那个年代的作品。龙应台问他，那街上的梧桐树呢？李安说梧桐树也是我自己一棵一棵种下去的。一个这么出名的导演，何以要花时间去找桌子、种树、做电车的车牌，做这些看起来毫无智慧含量的工作？这就叫专业精神。一种生活质感的还原，一个可以信任的人物的建立，是由一个一个细节累积、叠加起来的，没有这些细部的累积，就建立不起那种牢不可破的真实感。我也很佩服《十月围城》的导演陈德森，当时他花五千万港币搭建了一个百年前的旧中环。为了建这个旧中环，他说他看了大量的博物馆与图书馆的资料和图片，每个细节都去考证，比如门牌、招牌、药店里有什么药。他甚至细到一个程度，一栋楼应该住几户人家，每一家应该几口人，他都是经过严密考证的，没有一个细节被轻忽过去。当一个导演愿意做这种案头工作、花这种笨功夫的时候，你就知道这个导演身上有一种艺术抱负和艺术雄心，也有一种要拍精品的意识。拍电影光有钱是不够的，有了钱之后，你要有充裕的时间、足够的耐心在艺术上打磨、追求，既重视电影物质层面的精心设计，也重视电影精神空间的开创，通过物质与精神的平衡和综合，让观众在黑暗的影院里真正感受何为有创造性的梦幻艺术。

三是价值观的空洞和混乱。很多中国导演根本没有自己的价值观，他不知道要在电影里表达什么；有一些导演貌似有价值追求，可又显得肤浅而混乱。任何艺术都是关于人生和世界的观察、感受和思考，哪怕你对人生和世界的看法是陈旧的，也必须有看法，艺术才会有灵魂。比如看《琅琊榜》这样的电视剧，必须承认，制作团队富有专业精神，从服饰到构图、摄影，都很讲究，它要表达的思想其实是很陈旧的，无非是明君、忠臣、信任、友情一类，但这个导演是有想法的，哪怕他的想法并不新鲜，但他至少把自己的想法通过剧情和形象塑造呈现出来了。可现在很多中国电影是没有什么想法的，价值观上如同一团糨糊，什么都想表达，又什么都表达不清楚。我有一次跟张纪中导演一起参加一个活动，他说，现在一些中国电影里，一个好人都没有，我听了后，觉得这确实是一个问题。还有，像陈凯歌的《无极》、张艺谋的《长城》这样的电影，导演想要讲什么？都是一些肤浅而怪异的想法。而拍出了获奖电影《图雅的婚事》的王全安，他后来拍的电影《白鹿原》对小说原作又是简化得多么严重，它更像是一部"田小娥传"，完全没了原小说的神髓。那些投资巨大的商业片就更是无所追求、一片荒芜了。

　　一个导演固然不能用他的电影生硬地诠释思想或者精神，但又不能没有思想和精神，而是要通过独特的形象和艺术语言来呈现这种思想和精神。我之前看迪士尼电影《寻梦环游记》，非常感动和震撼，这本来是拍给小孩看的电影，却有深刻的艺术追求。它告诉我们，人其实是活在记忆里的，亡灵也是活在活人的记忆里的。你可以摧毁我的生活，唯独不能摧毁我的记忆，只要这个记忆还存在，就意味着这个人还活在我们中间，记忆消失了，这个人就灰飞烟灭了。这是非常深刻的主题。又比如好莱坞的电影《血战钢锯岭》，一个绝对不愿意杀人，绝对不碰枪、不开枪的人，不得不上战场了，本来是匪夷所思的情节，但导演可以把这样一个不摸枪、不开枪、不杀人的人，塑造成电影里的英雄，而且通过情节铺垫，让我们觉得这个英雄是真实存在的。他把不可能的拍成可能的了。在这样一种人格里，我们看到了一种精神的力量，一个伟大的灵魂是如何勇敢无惧，又是如何通过这种勇敢无惧折服和感化周边的人的。而诺兰拍的《星际穿越》，是科幻片，也是商业片，但整部电影一直在思考"人类往何处去""人类如何才能获得自我拯救""爱在何种层面上能够拯救我们"这样一些伟大的主题，没有说教，不生硬，也很好看。这就表明，在商业和艺术之间，还是有可能找寻到一个平衡点的。而如果电影取消了价值追求，导演不再通过艺术来出示自己对世界的观察和态度，不思索人类的命运和境遇，也不再背负艺术探索的重负，电影势必沦为光影技术空泛的载体，或者只是生活的小甜品，这就和电影诞生之初的艺术理想背道而驰了。

电影是想象的奇观、梦的艺术。按照弗洛伊德的研究，梦是愿望的达成，是释放被压抑的潜意识的主要途径，这种达成不是直接的，而是晦涩曲折、乔装打扮的。之所以要强调电影的艺术性，就是希望看到电影对人类精神的解析不是粗陋的、直接的，而是曲折、抽象或变形的——从某种意义上说，艺术就是对现实的抽象和变形，是在一种假定的艺术形式里创造新的现实。

随着消费文化和大众文化日渐成为主流，电影这一连接精英和大众的媒介形式日益重要，影像的力量也有着前所未有的影响力，它当然不能被商业所控制，一味地去迎合公众俗常的趣味，而是要通过电影艺术的创造性，重新建构一种观看影像的方式，让观众在自我娱乐的同时，也不失对娱乐本身的警惕。《娱乐至死》的作者尼尔·波兹曼在书中说："有两种方法可以让文化精神枯萎，一种是奥威尔式的——文化成为一个监狱，另一种是赫胥黎式的——文化成为一场滑稽戏。"我们往往对后一种文化危机缺乏警觉——无度的搞笑，为滑稽而滑稽，集合肤浅的生活段子以讨好观众，已经成为当下中国电影主要的生产冲动。笑声替代了思考，可多数人不知道为什么笑，也不知道自己为什么不再思考。电影是一个民族的精神写照，它的境况说出的是一个民族的精神原创力处于什么状态。尤其是当中国电影票房一路高歌猛进的时候，电影的生产却过度受制于商业和资本，放弃了更高的艺术追求，在精神探索上更是有一种荒芜的感觉。这就迫使一些热爱中国电影的人，在这个电影工业日益规模化和巨型化的时代，重新思考电影作为一门艺术所要回答的基本问题。我想，高票房未必是中国电影的福音，只有反思和探索，才能给它一个更好的未来。

通俗与通雅同样重要

这些年，文学正在发生巨变。很多新作家、新写作类型的兴起，都在挑战我们固有的审美趣味和精神认同，尤其由网络这一新的介质所带来的写作变化，既扩大了文学的边界，也迫使我们重新思考文学与读者、文学与商业之间的关系。在此之前，传统作家的出道与成熟，都和杂志社、批评家、文学史这三方面力量对他们的塑造紧密相关，但这种模式，对许多新一代作家，尤其是对网络作家，已然失效。他们进入大众的视野，几乎不是通过杂志社筛选或批评家阐释，也不太考虑文学史写不写或如何写他们，他们更在意的是读者和作品的销量（点击率）。

这个写作群体极为庞大，不能无视它的存在。以读者为主体、以创造读者所喜欢的文学世界为目的的作家作品，我们习惯称之为大众文学或通俗文学，它带有鲜明的商业与消费主义特征，创生的也是一种新的写作与交流模式。过去我们认为，写小说、讲故事起源于闲暇，现在很可能是起源于商业；过去我们认为，写作诞生于"孤独的个人"，现在很多写作者不再着迷于个体的孤独体验，而更多是追求共享、互动，甚至读者的回应会决定他的故事往何处走：假如有很多读者希望女主角一直活着，作者就不会让女主角死去。这其实有点像传统意义上的说书，听众的反应会影响说书者往哪方面用力，在哪些情节上多加逗留。大家普遍认为，听众越多，读者越多，作品就越通俗。

在传统的文学观念中，若说一个作家的作品很通俗、大众，多数作家会觉得是在骂他，至少那是一个贬抑性评价；纯文学作家以艺术创新为追求，读者的多寡并不重要，他们相信，创新和探索本身可以引导、改造读者的艺术趣味——不断把新的艺术可能性，通过写作实践变成一个时代的艺术常识，这是文学发展的内在逻辑。但重艺术探索而轻读者的写作思潮，往往把艺术性与大众性对立起来，无视文学与读者的紧张关系，这种观念同样需要反思。在艺术创新的道路上，忽视文学的大众认同，文学可能会失去基本的传播效应。

文学经验的书写、传递和共享，必须通过作者与读者的合作来完成，偏向任何一方，都会使文学的生态失衡。当文学的艺术趣味隔绝于普通读者，难免曲高和寡、自得其乐；可文学过度迁就读者，也会失去艺术的难度，成为逐利的庸俗之作。尽管陈平原认为，通俗小说与高雅小说的对峙，是二十世纪中国小说发展的一种重要动力，但在之前多数文学史的论述中，通俗文学是没什么地位的——这也未必公平。中国小说起源于说书，本属于通俗文学一类，今天的作家恐惧"通俗"二字实无必要。事实上，文学写作，特别是小说写作，适度强调大众和通俗的特征，建立起以读者为中心的写作观念，并无什么不好，"话须通俗方传远，语必关风始动人"，能把小说写得通俗，本身也是一种本事。

判断一部作品好还是不好，标准不在通俗与否，而是要看这部作品是否有创造性，是否能吸引人、感动人。金庸小说取的是武侠这一通俗样式，但他创新了武侠小说的故事方式、人物关系和文化空间；二月河写的是帝王小说，却以文学的方式重新讲述了一种实证与虚构相结合的历史；《明朝那些事儿》并无多少了不起的史识，可话语方式的新颖、好读是它拥有众多读者的关键；《三体》中的人物形象饱满度或许不够，但小说的思力和格局，却非一般作家所具有；而《斗罗大陆》奇特的想象方式、《琅琊榜》里对复仇与情义的重释，表明网络文学最具读者影响力的部分，也需有开新的一面。

这些通俗性、大众性作品最大的特点，就是共享、互动，容易为各类读者所接受，也容易与影视、动漫、游戏等联动而构成文化产业链——这是一个新的文学社群，它不仅可以把作者与读者联结起来，还可以把想象世界与文化产业联结起来。"文不能通而俗可通"，以可通之"俗"来健全文化传播的样式，培育读者的文化情怀，这种与大众的沟通和连接能力，是纯文学所难以代替的。钱谷融曾说，"中国的通俗文学……多少年来在我们人民生活中起了很重要的作用"，看重的正是它的"可读性和趣味性"。

但重视可读性、趣味性，并非全然以迎合读者为旨归。大众性如果没有艺术性的规约，在流于轻浅、好读、有趣的同时，也可能迅速类型化、模式化，直至读者彻底丧失对这一类作品的兴趣。金庸、梁羽生、古龙之后，已无武侠小说潮，穿越、奇幻、宫斗之类的网文、网剧严重同质化，热度很快消退，都可视为这方面的镜鉴。越来越多的写作者开始意识到，在中国，其实并不缺读者，缺的是有效、稳定的读者。尤其当收费阅读开始常态化之后，通过通俗化与大众化的写作努力所团结起来的读者，更需要通过艺术的感染和塑造，把他们留住。有了艺术的独特光彩，一部作品才会被不断地重读——而经得起反复读的作品，慢慢就成了经典。

从这个意义上说，通俗文学、大众文学同样要有大的艺术抱负，只有通俗性与艺术性相统一，才能成就真正的经典。而要实现这二者的统一，我以为，下面三点值得重视。

首先是要讲述并完成好一个故事。故事是一个民族情感和记忆的最好载体，讲故事和听故事也是人类精神生活中最重要的内容之一。克罗奇说，"没有叙事，就没有历史"，人类的经验、记忆和想象，多数是通过叙事来完成的，叙事最基本的单元，正是各种各样的故事。读者在阅读这些故事时，会觉得自己的生活边界延展了，那些看起来与他毫无关系的想象图景和人物命运，会不断唤醒他的经验，激发他的回忆，很多已然忘却的精神积存会从阅读的间隙涌起，人生就会有许多全新的美妙感受。王安忆说，初学写作的人，通常想法很多而笔力不逮。他们有很多东西想表达，却找不到恰当的形式——也就是故事。他们往往设置一个看起来了不得的终点，急急忙忙不管不顾地飞奔过去。但王安忆常常劝告写作者，小说所看重的恰恰不是那个终点，而是过程。而所谓完成一个故事，其实就是对这个过程的琢磨和推敲。

抓住故事，就抓住了文学影响大众的核心。很多读者众多的写作，成功的秘诀正是掌握了故事这一密码，从而让读者一参与到故事的进程之中就欲罢不能；而影响更为广泛的电影、电视视、网剧，甚至好的相声小品、广告词、旅游解说词，用的也多是故事资源。网络作家就普遍谙熟这些。什么玄幻、穿越、架空、仙侠、科幻、神话等类型，不过是他们的写作角度，核心还是讲述一个读者爱看的故事。但故事最大的局限性就是容易套路化、模式化，很多写作的跟风现象就源于这种故事复制。

好的作家不仅讲故事，他也思考故事，让读者在消遣、娱乐的同时，也获得精神启悟。契诃夫说，"新手永远应当凭独创的作品开始他的事业"。"独创"就是发现。科学家通过实证和技术不断发现新的世界，作家通过想象和虚构不断发现新的人生。很多通俗文学流于俗套，本质上是发现力不够——故事陈旧，讲故事的方式也了无新意。发现一个好的故事，对这个故事进行艺术设计，并在故事中完成一种精神构造，这是小说写作的魂。

其次是要写出有普遍性的情感和价值认同。以俗生活为底子，贴近大众的情感，价值观平正而容易理解，有此三点，就能获得最广泛的阅读认同——当然，真正的文学远不止于此。现在一些文学写作，流于怪、奇、险，故作高深或过度偏激，读者的共鸣很少，甚至还会让人觉得你不知所云。不要把文学探索都理解为新奇和小众，研究大众的情感构成和价值谱系，也是文学探索之一种。《歌德谈话录》里记载有这样的故事。歌德让他的学生出席一个贵族聚会，学生说："我不喜欢他们。"歌德回答说："你要成为一个写作者，就要跟各种各样的人保持接触，这样才可以去研究和了解他们的一切特点……你必须投入广大的世界里，不管你是喜欢还是不喜欢。"研究并写好哪怕是自己不喜欢的人，让自己的写作进入一个更广大的世界，这就是"通"；"通而为一"之后，你会发现人心和世界远比我们想象的要丰富和复杂。

去了解更多的人，体察更多人喜欢什么、热爱什么，这不是对读者妥协，而是让文学作为人类普遍的声音，能传得更远，为更多人所听见。民众并非人人都有文化自觉、文化自省精神，他们常常也是在一种茫然、困惑、无所着落的处境里到处寻找价值认同；遇见了好的小说、好的影视剧，他们会为之入迷、为之垂泪，它们激起的正是他们内心的那份认同感。马克思说："人不仅通过思维，而且以全部感觉在对象世界中肯定自己。"确实，"肯定"未必都是来自他者的评价，也可能是来自自我认同。通俗文学越是能写出普遍性的情感和价值，读者的自我认同就越高，代入感就越强；先获得读者的认同，再谈影响读者、改造读者，这不仅是通俗文学的写作路径，也可为一切文学写作所借鉴。

再者是要创新话语方式，尤其是要打磨语言。很多人对类型写作、畅销书写作评价不高，就因为这些作品的话语方式雷同，语言比较粗糙，艺术上不够精致，对事物、感觉的捕捉和刻画不够细腻、准确。读者对一部作品的阅读信任，是从一个细节一个细节中累积起来的，语言的漏洞、不当出现多了，就会瓦解这种信任。但很多以读者、销量为中心的通俗类写作，重心都放在了情节和冲突上，悬念一个接一个，叙事密不透风，而真正能让人咀嚼、流连的段落却太少了，语言上更是乏善可陈。文学首先是语言的艺术，语言禁不起琢磨，作品就没有回味空间。汪曾祺就是一位语言风格独特的作家，他说："读者读一篇小说，首先被感染的是语言。我们不能说这张画画得不错，就是色彩和线条差一点；这支曲子不错，就是旋律和节奏差一点。我们也不能说这篇小说写得不错，就是语言差一点。这句话是不能成立的。"这样的写作劝告，值得所有写作者铭记。

有了语言的自觉，就会去追求话语方式的创新。从什么角度来叙述，选择什么样的叙述者，以何种声口、腔调来推进叙事，什么样的语言风格才是大众喜欢而又不失文学个性的，等等，这些艺术考量，也会直接影响一部作品的品质和风格。

当然，文学写作作为个体创造，不能要求整齐划一，也无法让每一种写作都通俗易懂、广受欢迎。只是，当一个大众写作的时代来临，越来越多的读者通过文化消费反过来影响文化创造的时候，文学写作（主要是指小说写作）与其简单地拒斥大众性和通俗性，还不如通过对它的锻造和提升，试着走通一条"雅俗同欢，智愚同赏"的艺术道路，这既能接纳更多写作类型，也能使文学更好地影响公众。

而到了这个层面，即便写的是通俗文学，实际上也已超越了通俗文学。像曹雪芹、金庸，像毛姆、村上春树等人的小说，都有通俗文学的壳，但他们不仅追求可读性、趣味性，而且不断拓展小说的写法，不断呈现对自我与世界的反思。这是他们的写作最具价值的部分。真正的文学，是在灵魂深处升腾起来的对自我的重新确认，"艺术会自主或不自主地在人身上激起他的独特性、个性、独处性等感觉，使他由一个社会动物变为一个个体"（布罗茨基语）。许多时候，以通俗的形式，能更新我们对世界的认识，并创造出新的孤独的个体，甚至能激发我们重新定义文学的冲动——这就是所谓的通雅。大俗若雅，大雅若俗，故通俗与通雅同样重要，它也从另一个侧面证明，真正的艺术总是具有极大的包容性的。

辑二

所见

孙绍振老师并不幽默的一面

孙绍振老师是公认的幽默大家，智慧，有趣。不仅谈吐之间笑点多，他也研究幽默理论，写有多本关于幽默答辩的著作，有些当年卖了大几十万本，是真正的畅销书。为此，中央电视台请他录了十几期节目，讲幽默谈吐的自我训练，一个看过这节目的人，前段时间还跟我说"孙老师的头发很有意思"。确实，孙老师的头发，有一绺绕头顶一大圈，这造型，已远比地方支援中央复杂得多。

那时还没有《百家讲坛》、易中天，福建文化界，就数孙老师最红了。

听说他还有更红的时候。比如，朦胧诗论争时的南宁会议，他一个籍籍无名的老讲师，面对一帮诗坛权威，舌战群儒，一鸣惊人；又如，反资产阶级自由化的时候，他是福建的典型，却一身傲骨，威武不能屈。这些我都没有见过，听说而已。但我读大学的时候，见过孙老师在文科大楼开讲座，一楼最大的阶梯教室，里三层外三层，都是听众，好多人趴窗户上听，而头几排，坐的多是老师，然后孙老师清清嗓子，开讲，笑声不断。我给他泡了杯浓茶，一场讲座下来，他一口没喝，那时我并不知道，他晚上从不喝茶，怕睡不着。其实他讲得激情澎湃，根本无暇喝水。那天孙老师可能有点感冒，讲座间隙，他擤了一次鼻子，响声太大，顿时全场肃静，面面相觑，孙老师从容地擤完鼻子，抬起头，镇静地说："我发现自己刚才犯了个错误，擤鼻涕时不该对着话筒。"全场大笑。孙老师的讲座实在精彩，讲足三个小时也停不下来，以致管理文科大楼的老大爷只好关灯抗议，最后几分钟，大家是在一片漆黑中听完的。

他的讲座、课堂如此，他的家里，也常常高朋满座，各色人等都去他那并不宽敞的客厅高谈阔论。孙老师时不时调侃大家，气氛一轻松，连我们这些小辈说话都放肆起来。很多人喜欢叫他"老孙头"，他也并不喜欢板着脸说话的人，在他看来，心灵自由了，才轻松得起来。有一次，他到学生宿舍来找我，那时正流行穿文化衫，他也穿了一件，前面写着一行字，"别理我，烦着呢"。一个大教授，就这样闯到学生宿舍来，着实让大家欢乐了一阵。

我在大学里的很多美好记忆，都和孙老师有关，许多事情，现在想起仍会笑出声来。我最困难的时候，也是他在挂念我、帮助我。有人说，我和孙老师的感情，已经超越了一般的师生之情，确实。中山大学的老校长黄达人有一个观点，大学是依靠教授撑起来的。这话是真理，一所大学有怎样的教授，就会给人留下怎样的印象。福建师范大学并不是特别的名校，但在文学界却是很出名的。前两年，莫言到福建来，当着很多人的面说，他在解放军艺术学院听的很多课都忘了，唯独孙老师的课，他至今记得，孙老师讲感觉的变异和贯通，直接影响了他的写作。那时的莫言，正在写《透明的红萝卜》。很多作家、学者，听说我毕业于福建师大，都会同我说起孙老师，间或说一两段孙老师的趣事。

大家都觉得，这真是一个幽默的老头。

但我知道，孙老师并不总是欢乐的，他不幽默的另一面，有时更让我着迷。只有在人很少的时候，你才会碰到孙老师的这一面，沉思的，甚至是沉重的。他这一代人，经历了这么多事情，还能笑得起来，内心定然是坚韧、强大的，但他们所经历的人和事，也不可能轻易地从他们心里抹去。马尔克斯在《霍乱时期的爱情》中说，爱这种能力，"要么生下来就会，要么永远都不会"，我想，幽默也是。所以，孙老师众多的学生中，有幽默感的人很少，可见，幽默这东西是无法传授的，而孙老师的女儿，从小就有他的风采，这是天生的。幽默是一种天真的能力，但幽默的背后，可能看到的是荒诞——看不到荒诞的人，大概是无法有想象力而成为作家的。荒诞感让人清醒，也让人洞彻世事。有时，孙老师会小声地问我，某某人怎么会在乎这个东西，某某人怎么会做这个事。他感到诧异，正是因为他看到了这事背后的荒诞。他自己的人生，有过惊涛骇浪，命悬一线的时候也出现过好多次，他很清楚现实的残酷和虚无。很多时候，他其实是冷眼看着这个世界，看着这个世界中的很多人。他之所以和他们不一样，因为在他的心里，永远有一块自己的领地，孤傲地存在着。

孙老师幽默，但从不游戏人生，他表面好玩，内心却沉重，他的深刻正源于此。

十几年前，我和他去华东师范大学开会。中午的时候，他对我说，下午我们逃会吧，你和我去一个地方。我们打车去朱家角。路上我才知道，他曾经在朱家角读小学，已经五十多年没有回去了。到了朱家角，他还能记起每一个地方，当时开的是什么店，什么人在那，他在哪读书，在哪理发。记忆力真是超群。然后，我们循着一个并不清晰的地址，去找他当年的语文老师，好不容易找到了，一间小矮屋，破旧，荒凉。到门口的时候，我感觉到孙老师的脚步轻了下来，仿佛回到了童年时光。他终于在屋里见到了自己的老师，太久没见了，师生的眼里都有异样的光彩。他们之前是通过信的，他的老师从报端看到他的文章，写信找到他。老师生活并不容易，多病，穷困，孙老师时不时寄些钱去。我们坐了个把小时，没有留下来吃饭，主要是怕给他的老师添麻烦。临走前，他把自己口袋里所有的钱都给了老师。回去的路上，话少了很多，大概由老师的际遇，想到了生活不易、人世多艰。多年以后，我还向孙老师问起他老师的状况，他说，已经去世了。话语间充满怀念和感伤。

他似乎是一个对生命的去留特别敏感的人。很多人，只看到他对生活的热情，却不太留意他对死亡的敬畏。其实就是敬畏生命。他对生命的看法，宽容，也执拗。那些表面的风华，他并不看重，生命走到终点的时候，能留下什么，别人如何评价，也许更重要。这一点，他更像是传统的士人。尽管他会说英语、俄语，穿时尚的西装和衬衫，对现代西方文艺理论的优长、局限了然于心，骨子里却还是传统的。

说到底，他推崇的是要活得有尊严。不苟且，不逐求。他一生因为敢说话，惹祸不少，但也不能不说话。仗义执言、拍案而起，在孙老师那里是常事。任何时候，他都不想匍匐在地。

他和我讲起"反右"的时候，因为说话率性，被划成"中右"；"文革"的时候，几次失言，都是因为爱开玩笑。一次是打排球，为了增加比赛气氛，两支队伍，分别取名叫社会主义队、帝国主义队。他在帝国主义队，打赢了，他就大叫了一声，"帝国主义还赢了"。还有一次是三年困难时期，大家没饭吃，吃地瓜干吃到怕了，有些晒在屋瓦上的地瓜干，被风吹到地上，也懒得捡，于是，孙老师感叹道："朱门酒肉臭，路有地瓜干。"就因为这两句话，后来在华侨大学，他被打倒，被批斗得很厉害。他迷茫、痛苦，一边被批斗，一边默默地攒着安眠药。有一次，他一个人躲在厕所里，看着外面喧闹的队伍，都是去批斗他的，有些人手上拿着纸帽。他心里想，如果他们把那个纸帽戴到我头上要我游行的话，我就吃下所有的安眠药。他决心以死相对。批斗如常进行，正要给他戴纸帽的时候，一个人出来阻止说："算了，这个人的脸色不对了。"正是这句话，救了他。

冒犯了他的生命尊严，他的脸色就不对了。现在想起来，真是惊心动魄。

这样的一个人，怎么会为一点蝇头小利折腰呢，又怎么会因为一点压力就说违心的话呢？这种悲苦的遭遇，使得孙老师成了名师之后，也习惯站在弱者一边，竭力保护才华，保护学生。奥古斯丁说："同样的痛苦，对善者是证实、洗礼、净化，对恶者是诅咒、浩劫、毁灭。"孙老师就是一个经过痛苦洗礼过的人，他当然希望自己的学生、晚辈不再经历这些不公和痛苦。据说，孙老师欣赏的学生，都有问题，其实说的就是他发现、爱惜的有才华的学生，都有个性，都可能乱说话，冒犯他人。可这些，对孙老师算得了什么呢？谁没有年轻过？谁不曾冒失、意气过？都是老气横秋、滴水不漏，哪来的创造性？有一次，一个学生仅仅因为自行车乱停放，又不愿自己的自行车被没收，顶了管理员几句，系里为维护管理员的面子，准备给乱停自行车的学生通报批评。偏偏这个学生是孙老师喜欢的，系领导去征询孙老师的意见，孙老师听完之后，当场把领导请出了家门，他说，这么一丁点大的事，你们就要处分学生，你们手上的权力，是用来吓唬一个从农村来的、有才华的学生的吗？

他为学生争，为弱者背负压力，大概会想到自己年轻、孤立无援的时候，特别渴望的就是这种精神扶助。他也肯定会常常想起，那个说他"脸色不对了"的人，轻轻的一句话，却救下了一个人。可是，有些人为了个人的盘算，可以谀辞滔滔，可以出卖人格，每次看到这些，孙老师的心里就会有一种悲哀之情，他觉得人的灵魂如果没有敬畏，真是什么事都干得出来。他表面上可以宽容别人的妥协、自我践踏，心里对这些是轻蔑的。他总觉得，人不该活得这么猥琐，再难，也要守住一点东西，偶尔还要大胆地喊他一嗓子。你又能拿我怎么样呢？

是啊，心中存了这种信念之后，人就会突然变得有力量起来。

有一段时间，我经常和孙老师谈信仰问题。一讲到这个话题，他总是很认真地听，一脸严肃。他是承认人有灵魂的，灵魂救赎的故事，他也很熟悉，他最崇敬的作家，就是托尔斯泰、陀思妥耶夫斯基，他们的作品，曾深深地打动过他。不过在孙老师的内心，他是把基督教的罪感（如托尔斯泰式的自我忏悔）和儒家的三省吾身结合了起来。有一次，为了一件关系个人奖金的事，他对系主任，也是自己过去的学生，说了带火气的话，结果一晚上失眠，第二天一早，他就发邮件向自己的学生道歉，并说明自己违背了年轻时代所信奉的托尔斯泰和陀思妥耶夫斯基式的道德自我完善的信仰。他不是信徒，却有宗教意识，所以他不像一些人那么浅薄，对信仰问题取一种嘲讽或轻慢的态度。许多时候，有信仰总比没信仰好。那个宗教世界所描述的天堂和地狱，你不能证明它有，但也不能证明它没有，对于这个既不能证明也不能证伪的难题，孙老师作为一个精通辩证法的理论大家，岂能不知它的分量？关于灵魂的归宿问题，他心里应该是徘徊过、深思过的，只是，在没有找到宗教信仰之前，孙老师信仰的是美和艺术。在他的文学观中，艺术是至高无上的。所谓美育代替宗教，说的也是人要有个精神安居的地方，一个心灵解脱的地方。

最好的艺术是能够安慰人的。

艺术给了孙老师想象和激情，他已经八十多岁了，创造力依然旺盛，书一本接一本出，文章一写就是几万字，很多年轻人都自愧不如。他近年还批评高考制度、语文教育，主编大陆和台湾共用的中学语文教材，声名如日中天，自己也忙得不亦乐乎。但我猜想，他对这些外在的热闹是并不在意的，他真正认定的永恒的事物，仍然是艺术。他看重一个作家的艺术才华，也得意于自己那卓越的艺术分析能力。每当他为一部作品、一个作家的艺术世界争辩的时候，都是他最较真、最神采飞扬的时候，他的争辩，其实是在捍卫一个灵魂的栖息地——假若无它，灵魂往何处归依？这份情怀，如同他乐呵呵的表情下那份不太为人所知的孤独和沉重，标识出了他的另一面，这并不幽默的一面，却有着更真实的精神光彩。

李德南的沉默与发声

二〇〇九年，我第一次见李德南，在上海的一个学术会议上。那时，德南正在上海大学哲学系读硕士，却来听文学会议。会议间隙，他走到我身边，告诉我，他是广东人，硕士论文研究的是海德格尔的科学哲学，毕业后想报考我的博士生——这几件事情，用他低沉的声音说出来，令我印象深刻。

那时我并不知道他还写小说，只是凭直觉认为，如果一个人有哲学研究的背景，转而来做文学研究，一定会有所成的。这也可能跟我自己的知识兴趣有关。我做的虽然是文学批评，但对哲学一度非常着迷，大学期间，我读过的哲学书，超过我读的文艺理论方面的书，对海德格尔等人的存在主义哲学，更是不陌生。现代哲学提供一种思想和方法，也时刻提示你存在的真实处境，哲学和文学，其实是从不同角度回答了存在的问题：一个是说存在是什么，一个是说存在是怎样的。

现在的文学研究，尤其是文学批评，之所以日渐贫乏，和思想资源的单一密切相关。德南在硕士期间就愿意去啃海德格尔这块硬骨头，而且还是关于科学哲学这一学术难点，可见，他身上有一种隐忍的学术雄心。

我后来读了德南的硕士论文，很是钦佩，他的研究中，不仅见学术功力，更可见出他领会海氏哲学之后的那份思想情怀——谈论现代哲学，如果体察不到一种人性的温度，那你终究还是没有理解它。德南把自己的文学感悟力，应用到了哲学研究中，我预感，他日后也可以把哲学资源应用到文学研究中，实现文学与哲学的综合，这将大大开阔他的学术视野。

一个人的精神格局有多大，许多时候，是由他的阅读和思考所决定的。二十世纪九十年代以来，"思想淡出，学术凸显"，学术进一步细分、量化，二十世纪八十年代很普遍的跨界交流越来越少，文学研究的影响力衰微，和这一研究不再富有思想穿透力大有关系。因此，文学批评的专业化是把双刃剑，它可以把文学分析做得更到位，但也可能由此而丧失对社会和思想界发声的能力。

专业化是一种学术品格，但也不能以思想的矮化为代价，学术最为正大的格局，还是应推崇思想的创造，以及在理解对象的同时，提供一种超凡的精神识见。那年和德南的短暂聊天，勾起了我许多的学术联想，那一刻我才发觉，多年来，文学界已经不怎么谈论哲学和思想了，好像文学是一个独立的存在，只用文学本身来解释就可。有一段时间，不仅文学批评界厌倦于那种思想家的口吻，文学写作界也极度鄙夷对存在本身做哲学式的讨论，文学的轻，正在成为一种时代的风潮。

正因为此，我对李德南的学术路径有着很大的期许。他硕士毕业那年，果然报考了我的博士，只是，每年报考我的考生多的时候有数十人，我一忙起来，连招生名录都忘记看，有些什么人来考试，也往往要等到考完后我才知道。这期间，德南也没专门联系我，等到考完、公布分数，德南可能由于外语的拖累，名次并不靠前，我甚至都无法为他争得面试的资格，成为当年一大憾事。这时我真觉得，那个在上海的会议间隙和我说话的青年，也许过于低调、沉默了。

这其实非常符合德南的性格。他一贯脚踏实地，不事张扬，写文章从不说过头的话，生活中更不会做过头的事，他总是等自己想清楚了，觉得有把握了，才发言、做事。这令我想起，德南是广东信宜人，地处偏远，但民风淳朴，那里的人实在、肯干，话语却不多，在哪怕需要外人知道的事上，声音也并不响亮。德南并不出生在此，但那是他成长的地方，他深受故乡这片热土的影响，有这片土地的质朴，也像这片土地一样深沉。他或许永远不会是人群中的主角，但时间久了，他总会显示自己的存在，而且是无法忽略的存在。

在这几年的学术历程中，德南以自己的写作和实践，很好地证实了这一点。

真正的沉默者也会发声的。第二年，德南以总分第一的成绩，顺利进入中山大学攻读博士学位。他对文学有着一种热情和信仰，但他又不放纵自己作为一个写作者的情感，相反，他总是节制自己，使自己变得理性、适度、清明，如他自己所言，他受益于海德格尔"思的经验"，但后来更倾心于以伽达默尔为代表的现代诠释学。他看重的也许是伽达默尔的保守和谨慎。比起海德格尔式的不乏激烈色彩的思想历险，德南崇尚谦逊、诚恳，以及迷恋洞明真理之后的那种快乐，他曾引用伽达默尔的话作为自己的写作信条："如果我不为正确的东西辩护，我就失败了。"他当然也做出自己的判断，但任何判断，都是经由他的阐释之后的判断，而非大而无当的妄言。

与意气风发的判断者比起来，德南更愿意做一个诚实的阐释者。

这也构成了李德南鲜明的学术优势：一方面，他有自己的思想基点，那就是以海德格尔、伽达默尔为中心的思想资源，为他的文学阐释提供了全新的方法和深度；另一方面，他一直坚持文学写作，还出版了长篇小说《遍地伤花》，对文学有一种感性、贴身的理解，尤其在文本分析上，往往既新颖又准确。他从海德格尔、伽达默尔等思想大师身上，深刻地理解了人类在认识上的有限性，同时也承认每个人都是带着这种有限性生活的；从有限性出发的阐释，一定会对文学中的存在意识、悲剧意识有特殊的觉悟——因此，李德南关注的文学对象很广，但他最想和大家分享的，其实只是这些作家、作品中所呈现出来的很小的一部分。

他的博士论文《"我"与"世界"的现象学——史铁生及其生命哲学》，就是很好的例子。他把史铁生当作一个整体来观察，从个体与世界、宗教信仰与文学写作等维度，理解史铁生的精神世界以及他内心的挫败感与残缺意识，以文本细读为基础，但正视史铁生的身体局限和存在处境，从而为全面解读史铁生的写作世界和生命哲学提供了一个现象学的角度。在我看来，《"我"与"世界"的现象学——史铁生及其生命哲学》是目前国内关于史铁生研究最有深度的一部著作。

而李德南会如此认真地凝视史铁生这样的作家个案，显然和他沉默的性格有关。他的沉默、谨言、只服膺于真理的个性，使他不断反观自己的内心，不断地为文学找到存在论意义上的阐释路径，他也的确在自己的研究中，贯彻了这一学术方法。他对史铁生、刘震云、格非等作家个体，对"七〇后""八〇后"等作家群体的研究，都试图在个体经验和真理意识中找到一种平衡，他既尊重个体经验之于文学写作的重要性，也不讳言自己渴望建构起一种真正的"写作的真理"，而且，他乐意于为这种真理辩护。这种文学批评中不多见的真理意识，使德南对文学作品中那些幽深的内心、暧昧的存在，一直怀着深深的敬意，他把这些内心图景当作自己对话的对象，同时也不掩饰自己对这些心灵有着无法言喻的亲近感。

因为有着对内心的长久凝视，同时又有属于他自己的"写作的真理"，使得李德南这些年的文学批评有着突出的个人风格；他是近年崛起的"八〇后"批评家中的重要一员，但他的文字里，有着别的批评家所没有的思想质地。

我也曾一度担忧，像德南这样偏于沉默的个性，会不会过度沉湎于一种精神的优游，把写作和研究变成玄想和冥思，而远离实学。尤其是蜷缩于一种隐秘精神的堡垒之中，时间久了，很多作家、诗人、批评家，都容易对现实产生一种漠然，批评也多流于一种理论的高蹈，而不再具有介入文学现场的能力，更谈不上影响作家的写作，让作家与批评家实现有效的交流。这是文学批评的危机之一，但多数批评家因为无力改变，也就对此失去了警觉。李德南对文学现场的深度关注、介入，很快就让我觉得自己对他的担忧纯属多余。我在不同场合，听陈晓明、程永新、弋舟等人，对德南的批评文字、艺术感觉，甚至为人处事，赞赏有加；我也已经察觉到，德南是可以在沉默中爆发的，尽管这样的爆发，不是那种为了引人注目的尖叫，而只是为了发声，为了让自己坚守的"写作的真理"被更多人听见。

沉默与发声，就这样统一在了德南身上。这两三年，每次见到他，还是那种稳重、沉实的印象，在一些问题的发言上，他往往有锐见，话不多，但能精准地命中要害。他是一个有声音的人。他以沉默为底子，为文学发声，这个声音开始变得越来越受关注。尤其是他在《创作与评论》等杂志上主持栏目，系统地研究"八〇后""七〇后"的作家与批评家，介入一些文学话题的讨论，并通过一系列与文学同行的对话，活跃于当代文学的现场。与北京、上海等文学重镇比起来，德南在广州发出的声音，有着"南方的声音"的独有品质。他已经有了自己的领地，也开始建构起自己的话语面貌，这些年，以自己的专注和才华，守护着自己的文学信仰，与一代作家一起成长，并为这代人的成长写下了重要的证词。

他在多篇文章和访谈中说，自己在写作和研究之外对文学现场的参与——主持研究栏目，发起文学话题，把一代作家作为整体来观察并预言他们的未来，等等，是在求学期间得益于我的启发：在重视文学研究的同时，也不轻忽文学实践，从而让自己的思想落地，让思想有行动力——中国从来不缺有思想者，而是缺能够把一种思想转化成有效的行动和实践的人。这样的说法让我惭愧，但也让我越发觉得，文学并不只是一个个作家编织出的精神的茧，而应是通往世界和内心的一条敞开的道路。事实上，在德南的身上，我也学到了很多，尤其是这些年来，他比我更熟悉文学现场，更熟悉年轻一代的写作，我常就一些新作家、新作品，征询他的意见，倾听他的观点，并从中受益。教学相长，在我和德南身上，还真不是一句空话。

直到现在，在我召集的师友聚会中，德南更多的还是一个沉默者，即便他做父亲了，告诉我们这个消息时，语气也是平和、节制的，但他在文字里的发声，却已经越来越成熟。他很好地统一了沉默与发声的学术品质，也很好地处理了文学沉思与文学实践之间的关系，正如他讨论的文学场域越来越宽阔，但对文学的信念、对自己如何阐释和为何阐释却有了更坚定的理解。他的研究格局很大，他的声音也柔韧有力、辨识度高——在我心目中，这个时代最值得倾听的文学声音之一，有他。

唐诗人的若有所悟

　　他姓唐，原名就叫诗人。唐诗人。"诗"字是家族辈分，同族其他兄弟的名字，好像也都叫诗什么诗什么的，他告诉过我，但我并不觉得特别，唯有唐诗人令人难忘。仿佛是生命中的一个暗示，此生一定要和文学发生点什么。他肯定也写过诗，只是我没有读过，但我读过他的一些诗歌评论，感觉他对诗有自己切身的理解。记得他评冯娜的诗时说："现代人，不再活在某个确切的地方空间，而是活在语言的牢笼里；从客观处境到主观意志，我们被现代文化辖制在了一个无处安身的自我化世界……我们所能看到的，始终是我们自己。"（《冯娜诗歌的精神地理学考察》）他还说："阅读张悦然的《茧》，是一个不断检视自己心理经验的过程。"（《在揭真相与泯仇恨之间》）他说的是写作的极高境界，只是，看见自己、检视自己，谈何容易；但如果写作和研究不是为了求证那个内在的自己，不是为了更好地创造一个能让自己兴奋的"我"，它的意义又在哪里呢？尤其是我们身处大学，看很多年轻学生，耗费无穷心力在论文写作上，如果真问他们，何以选择这个题目？你喜欢为这个问题寻找到一个什么样的答案？他们的表情多半是茫然的，其实就是对自己的研究对象还没有找到感觉。在文学研究中，无感觉是致命的，哪怕你是在论述中求一种知识的乐趣，或者把材料、观点梳理清楚，进而有所得，这也应是一种有感觉、有意义的生命挥洒。

英国的哲学家洛克，写有两大卷《人类理解论》，他把感觉比喻为镜像，但单纯的镜像——比如物体映在镜子里，镜子是毫无感觉的——更多是科学的议题，科学的"看"，和文学中的"看"是完全不同的；文学的"看"，包含着个体丰富的感觉。那些不可见的事物，因为有作家的观看、审视，仿佛也有了可感的样子，比如痛苦、恐惧、忠诚、勇气、信心、希望，等等；那些我们常常视而不见的人和事，也因为被一些人感觉到了，而成了尖锐的存在，比如武大郎的窝囊、祥林嫂的麻木，等等，如果没有作家把它写出来，谁又会在乎他们的感受呢。

说到底，文学是在写一个感觉中的世界，而好的文学研究呢，必然也是先感觉自己的"感觉"，然后再寻求用理论的语言把这些细碎的"感觉"凝固下来、组织起来，最终形成一种观点和思想。

感觉是一切文学写作和文学研究的基础。

我忽然想起，多年前读过的陈嘉映的一篇文章，题目就叫《从感觉开始》，他说："我们的确要从感觉开始。要是对所探讨的没有感觉，说来说去不都成了耳旁风？"有感而发不过是人文学科研究的一个原始起点，但陈嘉映却将它引向了一个哲学信念："自然理解才是本然的因此也是最深厚的理解。"自然的、本然的，往往带着个体的感觉、经验、省悟，但它未必就是浅易的，也可能包含深刻的理解，所谓的直指本心、一语中的，不都是一些直觉和碎片吗？有些人轻视感觉，只迷信确定的材料和观点，可文学中那些长驱直入的理解力、想象力，常常是从一团混沌的感觉开始的。余华曾忆及他写作《许三观卖血记》的缘起。有一天，他和妻子陈虹走在王府井大街上，迎面看到一个上了年纪的男人泪流满面走过来，余华在想，他为什么哭泣？陈虹说，会不会是因为他一生卖血，可现在血都卖不出去了？一部小说的构想就从这里开始了。莫言也曾说，在二十世纪九十年代的一个下午，他从北京的地铁口出来，在台阶上猛一抬头，看到出口处坐着一个从农村来的妇女，两个又黑又瘦的小孩盘在她的膝盖上，一边吃奶一边抓她的胸脯。母亲的脸在夕阳的照耀下，像古老的青铜器一样闪着亮光。莫言为这个画面所震撼，热泪盈眶，他决定从生养和哺乳入手，写一部感谢和致敬母亲的书——《丰乳肥臀》。而更早以前，还毫无声名的莫言写出了自己的成名作，当时的小说题目叫《金色的红萝卜》，时任解放军艺术学院文学系主任的著名作家徐怀中将"金色"改为"透明"，后来"透明"成了热词，也成了一种美学境界。我相信其时徐怀中动笔所改亦为一种艺术感觉所推动。先感知到一点什么，然后让这种感觉明朗化、形象化，继而通过想象、虚构或论证让感觉壮大、蓬勃，所谓的写作，大抵就是循着这个路线进行的。文学作品的结构，也多是细节加联想，一个细节勾连起另一个细节，一个场面带出另一个场面，一个灵魂席卷着另一个灵魂，中间的黏合剂正是生机勃勃的对人和世界的那份感觉。是感觉让事物和思想活起来了。

　　说这些，不过是为了强调，唐诗人是一个对文学有感觉的人。我非常珍惜一个人对文学的感觉。有时寥寥数语，何以就能知道一个人的艺术感觉如何？因为在一部艺术作品面前，最难隐藏的正是艺术感觉。即便你宏论滔滔，我仍然要追问一个最简单的问题：这部作品写得好吗？好在哪里？不好又在哪里？评论首先是判断，拒绝判断的人，无法成为一个好的评论家。近一二十年来，研究鲁迅、沈从文、张爱玲等作家的人尤其多，这些作家甚至是研究生毕业论题的首选研究对象，这背后其实就隐含着一个基本判断：这些作家写得比别人好，我喜欢读他们的作品。通过简单的判断，见出一个人的艺术禀赋，这也造就了文学史上的许多佳话。只读过他的一首诗、一篇散文或一部小说，便惊叹一个好作家出现了，很多著名的文学编辑和文学评论家都曾有过这种大胆判断，这种判断所引发的围观效应，本身也是当代文学的重要组成部分——很多优秀作家都是这样被发现的。没有了第一时间下判断的直觉和胆识，当代文学就会死气沉沉，期刊界和评论界就会成为名家俱乐部，很多新人的出现就会被耽误或埋没。

我第一次见唐诗人的时候，听他谈陈希我的小说，便大致知道了他的文学底子，因为陈希我的一些小说是刚发表的，并未有人评论过，唐诗人评价这些小说时无所凭依，只能靠自己的直觉和体悟。我很欣赏他对陈希我小说的独特看法。他也是陈希我推荐到我这里来攻读博士学位的，其硕士就读于我的母校——福建师范大学。这样一来，初见固然有一份亲切，但也会多一份苛责，因为福建师大中文系名师众多、声名在外，别人怎么看我不知道，我们这些校友对母校的期许是不低的。他明显不爱说话，我甚至觉得他过于沉默了，偶尔轮到他说话时，后面的音量也会小下来。在公众场合，他并不是一个有光彩的人。

他的长处是勤奋、善思、阅读量大。但在文学的感受力上，我并不迷信读书特别多的人，不能融会贯通，不能进得去又出得来，知识再广博，也未必能帮助你下一个准确的艺术判断。胡适是学问家，他对古白话小说的考证，至今无人能出其右，但他不喜欢《红楼梦》，也从未真正在艺术上读懂过《红楼梦》，他写了几万字考证《红楼梦》的文章，几乎没有一句是赞颂《红楼梦》的文学价值的，他认为《红楼梦》在艺术上并不成熟，比不上《儒林外史》，甚至比不上《海上花列传》和《老残游记》。他只对考证有兴趣，艺术感觉几乎为零。这并不影响他做好考证文章，学术有时是知识的考辨和演绎，未必关乎艺术判断。唐诗人有可贵的艺术感觉，如果过早就为概念、知识所限，而不能尽享文学之美、艺术之美，那终归是一种缺憾，这种缺憾，是写再多学术文章也不能弥补的。所以我鼓励唐诗人多读一点文学作品，包括当下刚发表的，学会与同代人对话，了解正在发生的文学现场，一边梳理、评介，一边深思，通过文学实证来深化自己的想法，以慢慢形成自己对文学作品和文学态势的判断。这样固然会无端耗费掉许多时间，必须读很多意义不大的作品，也容易被各种驳杂的信息所缠绕，但混乱、繁复、驳杂、碎片、昙花一现、大海捞针、在沙砾里发现金子、与一代人共同成长，这些恰恰是最好的文学训练，是一个人要成为直觉敏锐、视野宽阔、敢于判断的文学评论家的必由之路。大浪淘沙之后，才能气定神闲呀。经过了足够多的坏作品的打击之后，你才能对好作品有一种天然、本能的嗅觉；在坏作品身上浪费一些时间，有时是必要的，它能帮助你建立起某种艺术的免疫力。

我也知道，唐诗人有时是疲于奔命的，太多的作品要读，太多同龄人的作品希望他读，读了还要没话找话，交出急就章，但我从未劝告于他，我乐观其成，因为我知道经过这样的磨砺之后，他不仅能学会取舍，还会养成一种读书和写作的效率。你该忙的时候就应该忙，该意气用事时就不妨意气一些，什么成熟、稳重，什么学术人生的规划，这些以后你都会有的。有些人一辈子都在老气横秋，但从未年轻过、意气过，这样的学术人生，真的好吗？尤其像唐诗人这种穷困出身、沉默寡言的青年，他缺有条不紊、少年老成吗？他缺老气横秋、惜墨如金吗？他缺的恰恰是冒失、胆量、活泼、愤怒、不周全、不惧失败、敢立于潮头、敢独立发声。中国当代文学现场就是一个很好的实验地，进去闯一闯，尖叫几声，那点激情和冲动，不过早被扑灭，让它释放出来，这未必是坏事。所以，多年以后，当我读到唐诗人长达四万字的正大宏文《盛可以论》，读到他学术性很强、知识背景完整的《文学批评与思想生成——建构一种广阔的文化诗学理论》《朦胧诗论争与反思性批评的兴起》《"现代派"论争与现代批评伦理的确立》等文时，我一点都不惊讶，因为我知道他是从哪里走过来的。他如果再出文章集子，我可能会告诉他，之前写的很多长短文章都可以忘记、丢掉了，至少没必要收到自己的集子里，那些只是练笔，但你现在这个学术起点的获得，正是建基于之前这些练笔之上的，这个过程必不可少。有些人奢望一出手就是杰作，害怕学术人生有幼稚和漏洞，结果往往是一事无成，除非你是鲁迅式的天才，才能一出生就成熟，既不重复自己，也无一字可更易。多数人是在慌乱、冒失和跌跌撞撞中走过来的，唐诗人也不例外。

好几个学者都来告诉我，唐诗人新近这一系列文章，视野宽博，论断明晰，感觉像换了个人。其实就是找到了学术的通孔，终于知道文章的作法，也知道如何充分表达自己的观点了。以前，唐诗人是读得多，但想得慢，至少想不透。结果是想法太多，缠夹在一起，要说的太多，反而说不清楚了。所幸说的欲望一直在，不断地说，不断地让话语被调整、删削、重组，总有一天，说的和想的会渐趋一致。他读博期间，也表露出了这种顾虑，但我并没有过分担忧，因为我知道，解决这个问题的唯一办法就是多读和多写。你想不清楚，是因为你读得还不够多；你说不清楚，是因为你说得太少。我的观点是，做文学研究，不能只读文学类的书，尤其是理论著作，不能只读文艺理论，甚至还要刻意少读文艺理论，多读哲学书、历史书，也就是要多读有思想含量的著作。思想才是真正的理论利器，既可以训练思维、逻辑，也可以剖开现象、看到本质，把问题引向深入并加以拷问。我们这代人也许不敢说做什么"有思想的学术",但是让学术多一点思想气息还是有可能的。很多人怀念二十世纪八十年代的学术环境,很大的原因是,那是一个推崇思想的年代,是思想让我们自由,也是思想让我们格外亲近那些伟大的灵魂。

有一段时间,唐诗人迷恋各种思想学说,刚翻译过来的哲学书、理论书,他看了很多,估计那些日子他的脑海里是万马奔腾,各种思想呼啸而过,停不下来。但他也享受各种思想碰撞带来的乐趣。那时他的文章不乏堆砌,但堆砌有时也是整理自己的一种方式。对此我仍持鼓励的态度。后来他告诉我,想做的博士论文题目是《恶与文学——一九七七年以来中国小说中的"恶"》,很显然,他对思想的兴趣远大于文学,他需要一个文学的壳来盛装他的各种想法,他想从"恶"的视角切入,考察当代小说叙事伦理的变迁过程,亦通过思考中西方文学中对"恶"的书写差异,看出中国小说中"恶"的特殊性与局限性,探讨"恶"在文学写作中所面临的伦理困境。他把"恶"这样一个难以界定的伦理学概念,用以观照一九七七年以来中国小说书写的某个精神侧面,进而梳理出一条当代小说题材和风格的逻辑演进线索,这是非常有意义的研究。韦恩·布斯在《小说修辞学》中说:"当给予人类活动以形式来创造一部艺术作品时,创造的形式绝不可能与人类意义相分离,包括道德判断，只要有人活动，它就隐含在其中。"文学作品中的伦理想象常常是超越人间道德的，作者通过故事及其讲述来培养读者的同情心、改善读者的伦理感受。这种对人间道德的搁置和超越，旨在建立起艺术自身的道德——它不是简单的善恶、好坏，而是体悟一种同情中的仁慈，理解后的宽恕。所以，作家对人物的爱，不仅是爱自己喜欢的人物，也要爱自己不喜欢的人物；因为热爱而理解，因为理解而尊重。只有热爱、理解和尊重，才能真正抵达人物的内心。"恶"也只有在艺术道德的视野里，才能获得公正的审视。苏珊·桑塔格在一次演讲中说："严肃的小说作家是实实在在地思考道德问题的。他们讲故事。他们叙述。他们在我们可以认同的叙述作品中唤起我们的共同人性，尽管那些生命可能远离我们自己的生命。他们刺激我们的想象力。他们讲的故事扩大并复杂化——因此也改善——我们的同情。他们培养我们的道德判断力。"（《同时：随笔与演说》）而把"恶"作为一个独特的审美对象，并对其在文学书写中的伦理处境加以辨析，这已超越了文艺美学的范畴，它既要熟悉现代美学、先锋派理论的要旨，也要了解西方哲学对人的存在的解释方式，而在这一思想背景里来阐释文学的艺术流变和伦理革命，必然需要对中国当代文学的成就作出重估。这也是潜藏在唐诗人研究视野里的学术雄心。莫言、余华、贾平凹、迟子建、陈希我、张悦然、盛可以等作家，"朦胧诗"论争、"现代派"论争乃至"共和国精神"等现象，都是唐诗人试图重估当代文学价值地图的一个入口。

他正在把一些模糊的想法聚拢起来，力图找到一条适合自己的、具有理论解释力的评论道路。而这些，都得益于他对思想性著作的浓厚兴趣，"先立其大"，再探究具体的问题，这个问题才会获得研究的深度。那些从感觉出发的细碎印象，最终都会被思想缝合在一个大的文学幕布上，而看起来关联不大的一个个点，有一天也会组合起来，成为一幅新的文学地图。唐诗人带着丰富的感觉进入文学评论这一领域，但又不是一味地凭感觉行事、作文，而是自觉地寻求思想的支援，通过探寻个体的艺术踪迹来完成对更大母题的思索，他身上所具有的思想者的气质，将会使他走得很远。他的格局已经打开，他现在所需要的是专注和贯通，以及更有力的精神决断和艺术气魄。

他当然也有焦虑，刚入职暨南大学，又初为人父，生活忙乱，课业繁重，科研压力巨大，职称晋升遥遥无期，所有同龄人要经历的，他都在经历。他并不太抱怨，但有时也难掩茫然之感。我们交流不多，远没有到无话不谈的地步，但只要有机会，我总是告诉他，要分清轻重、学会选择、志在远方。发表算什么？项目算什么？职称算什么？重要的是如何挥洒自己的智慧，运转自己的生命，说出自己心中所想，成为文学的意中人。为表这不是廉价的安慰，我特意给他讲了一个钱穆的故事。有一次，钱穆在一座道观中，看到庭院里有一棵枯死了的古柏，一位老道士正在清挖枯树根。钱穆很好奇，便上前问："挖掉之后要补种一棵什么树呢？"老道士说："夹竹桃。"钱穆大为惊讶，又问："为什么不再种松柏，而要种夹竹桃呢？"老道士说："松柏树长大，我看不到了；夹竹桃明年就开花，我还看得到。"钱穆听了，大为感叹："士不可不弘毅，任重而道远。当年的开山祖师，为何种的是松柏而不是夹竹桃呢？"我记得很清楚，唐诗人听完，默然且若有所悟。他本不是灵巧之人，沉默才是他的底色，所以，我非常喜欢他那一刻的若有所悟。

王蒙的天真与相信

　　大家都谈到，王蒙的人与文是重要的、复杂的，很难一下子说清楚，我讲几件与王蒙有关的事，或可作为理解王蒙的一个材料或视角。

　　第一件事，二○○九年，我和王蒙去安康讲课，贾平凹一路作陪。回程时，在西安专门参观了位于西安建筑科技大学的"贾平凹文学艺术馆"。这个馆有两层，据说有两千多平方米，非常大，王蒙看得很认真，也仔细询问了关于这个馆的建设、布展、管理等问题。与我们同行的还有另一个作家，他看了一会儿就出去抽烟了，看得出，他有点羡慕，也有点失落。他对我说，也只有像王蒙、贾平凹这种体量的作家，才能建这么大一个馆，他们的作品多、版本多、获奖多、翻译多、报道多、字画多、收藏多，给他们一个这么大的馆，才有足够多的内容填满它；假如给我建一个馆，就我这么几本书、获的这几个奖，十几平方米都嫌大。想想也是，并不是每一个作家都能被安置在这么大一个空间里。有一些作家是小而精的，尖锐、狭窄、深刻，这是一种类型；但中国有另一种类型的作家，那就是体量庞大、争议很大，经得起反复研究和讨论的。王蒙就是这样一个体量庞大的作家。他经历丰富、人生曲折，他的写作题材广泛、数量巨大，他常常在一些重要的写作时期先行一步，他的思想驳杂，能融通很多问题而滔滔不绝，又不时对传统经典有大胆解读。这几十年下来，关于他的话题、争论、毁誉，一直不断，而这些，都磨损不了他作为一个作家的光彩，反而极大地扩展了他的体量。一个作家，有容量才有话题，才能被反复研讨。相反，有一些争议，如果放在那些体量很小的作家身上，很快会将他压垮。这就好比我们到一些古村落，看那些古代留下来的石拱桥，这些石拱桥是根据当年马车的重量来造的，假若今天我们把五十吨的大卡车开上去，它就会被压垮。所以，作家没有体量，荣誉多了也未必是好事，名不副实，最终会把作家压垮。而王蒙受得起文学界的一切誉与毁，他写小说、诗歌、散文、随笔、评论，他解读《红楼梦》，重读老子、庄子等等，他的写作边界和思想容量确实超越了很多作家。

第二件事，多年前我曾请王蒙到东莞演讲，专门讲《红楼梦》，讲座由我主持。他讲到《红楼梦》里面元春省亲，元春说起宫中的不愉快，"虽富贵已极，骨肉各方，然终无意趣"时，贾政含泪回道："贵妃切勿以政夫妇残年为念……惟业业兢兢，勤慎恭肃以侍上，庶不负上体贴眷爱如此之隆恩也。"我清楚地记得，王蒙说，每次读到贾政这一段话，"贵妃切勿以政夫妇残年为念"，他都会潸然泪下，为贾政的忠心而感动。这是特别值得来分析的一种心理。这种"忠"，不能简单地以封建思想来对待，它在中国一直是极重要的价值观，不能以我们现在的思想来看贾政的言论，否则就是一种误读。王蒙对这种"忠"有一份体认和感情，这甚至可以看作是他人生、写作的一个解码口。他是自己选择了革命，选择了共产主义，选择了这种政治信仰，他对自己的选择是有很深的感情和投入的。不是说他没有反思，但所有的反思都建立在一个前提下，那就是他从来没有怀疑过自己所信的。他不能颠覆自己的过去。很多人都希望王蒙成为他们所希望的人，那是他们不理解王蒙。王蒙可以反思，但他永远不会成为一个怀疑主义者，因为他内心有"忠"，说白了，就是他心里是有相信的。很多作家是什么也不信的，尤其是现在的年轻人，无所信是普遍现象，所以他根本无法理解作为一个少共一路走过来的王蒙。王蒙讲起毛泽东、邓小平，口气和我们是不一样的，我感觉，他视他们为准精神父亲。王蒙这一代人是很有意思的，对自己的生身父亲未必有什么敬畏，但对精神父亲是非常崇拜的。这就好比金庸小说里的主人公，普遍是孤儿，生身父亲是缺席的，即便后来出现了（比如萧峰的父亲），也不太能让儿子敬畏，相反，他们对自己的精神父亲（师父），却是无比敬畏的，甚至像令狐冲，明知自己的师父岳不群是一个伪君子，心中仍对他不忍，最后仍为师父之死而痛哭。由此我想起，有一次王蒙接受电视台采访，说到革命和共产主义的话题时，王蒙提到了北岛的著名诗句"我不相信"，但王蒙随即高声说，我这一代人是，"我们相信"！王蒙这一代，与舒婷他们这一代、我们年轻一代是多么不同！一个相信的作家和一个什么也不相信的作家，对待世界、对待人、对待自己的态度是完全不一样的。回到刚才《红楼梦》里贾政的话，你能要求贾政在当时的语境里反体制吗？他只能选择在现有体制里做到最好。他有自己的"忠"，他说"贵妃切勿以政夫妇残年为念"这话，是真诚的。从这个角度，我们或可理解王蒙对革命、对共和国的那份独特感情。研究王蒙，不能离开这个语境，否则就是自说自话了。

第三件事，在一个轻松的场合，王蒙聊天时突然说，一个人一辈子没有得罪过人，他还是个男人吗？这种调侃的口吻很王蒙，这个时候的王蒙也很天真。王蒙自己多次说过，都说我圆滑、聪明、世故、人情练达，其实我也经常冒傻气、犯浑。他的意思是他也常常不周全，常有破洞。这其实就是一个作家的性情。没有这一点傻气、天真、可爱，就成不了一个作家。

王蒙的热情、自信、敏锐、傻气、永不悲观，甚至过度热情，以致激情泛滥，就像他的写作，永远不缺排比句，不缺形容词的堆砌，有些人未必喜欢这种滔滔不绝，但这就是王蒙的语言风格，这种语言风格也说出王蒙的个性和内心。不能只看到王蒙那种圆通和中庸的人生哲学，也要看到王蒙的天真和热情。他是驳杂的，热烈的，宽阔的，希望主义的，他八十多岁了，也只是说"明年我将衰老"，连衰老在他笔下都是充满激情的。有一次，我对王蒙说起另一个作家的话："谁没有年轻过，你老过吗?"王蒙大笑，连连说这话好，他要为此写一篇小说，也许就是后来的《明年我将衰老》。这就是一个作家的气质，一个作家的敏锐和见识。

　　我觉得，体量、相信、天真，这三个词，共同成就了今天这个王蒙。他体量大，他天真地相信他所相信的，这些东西统一在了一个叫王蒙的人身上，于是就有了这么一个作家。我们研究这个复杂个案时，单一、清晰的判断都未必奏效，也无法概括王蒙，多一点角度、多一些线索，才能更全面地理解一个作家。

贾平凹的内心是有悲哀的

离开了地理上的商洛和棣花镇，贾平凹的写作更见从容。《山本》的叙事还是如此密集，但明显多了不少闲笔，显得精微而繁茂。秦岭雄浑，写秦岭的《山本》自然也要写得大而广，既要依托于大的历史背景，也要写好生活的细节和末梢。这是一种写作心态上的变化。

小说里麻县长这个角色的设置意味深长。这个安分的人，在各种势力的角逐中，施展不了自己的抱负，于是，他品茗，结识花草，为秦岭写风物志。"他差不多记录了八百种草和三百种木，甚至还学着绘下这些草木的形状。近些日子，他知道了秋季红叶类的有槭树、黄栌、乌桕、红端木、郁李、地锦，黄叶类的有银杏、无患子、栾树、马褂木……知道了曼陀罗，如果是笑着采了它的花酿酒，喝了酒会手舞足蹈。知道了天鹅花真的开花是像天鹅形，金鱼草开花真的像小金鱼。"这种旁逸斜出式的文人旨趣，不仅使地理意义上的秦岭变得丰赡、茂盛，也有效舒缓了小说的节奏。

也许，贾平凹无意写什么百科全书式的小说，但《山本》在物象、风情的描写上，确实是花了心力，小说的叙事也就不再是单线条地沿着故事往前推进，而是常常驻足流连、左盼右顾。这种曲折和多姿，昭示了作者的写作耐心，也是《山本》在叙事上的新意所在。

秦岭并不仅仅是《山本》的背景，它就是小说的主角。要写真正的秦岭志，秦岭的一花一草，一木一石，就都是角色，它们才是秦岭的肌理和血肉；而生活在山里的人，反而是过眼云烟，他们或强悍或懦弱，或善良或凶残，或智慧或奸诈，终究本于尘土而又归于尘土。小说的最后写道："这是有多少炮弹啊，全都要打到涡镇，涡镇成一堆尘土了！"陈先生说，"一堆尘土也就是秦岭上的一堆尘土么"。这就是"提携了黄河长江，统领着北方南方"的秦岭，中国最伟大的山。它无声地接纳着一切，包容着一切，它抚平人心的沟壑、历史的褶皱，当春天来临，又是百花盛开，太阳照常升起，万物生生不息。秦岭是一切生命的舞台，也是上帝般的观察者，人与物的荣辱兴衰，尽在它的眼底。

《山本》写出了一座大山的肃穆、庄严与敬畏，所谓悲悯，正是由此而来。

麻县长以他的风物志，表达了他对秦岭中那些渺小生物的有情，多少人忙着革命、斗争、夺取，而他只为这些默然的生命立言。在历史的洪流中，这样的立言，有点像文人在乱世的际遇，更多是一种无奈，一种软弱人生的余绪而已，但它使无名者留名，在无声中发声，反而得了秦岭的胸襟和气象。沈从文曾说："对人生'有情'，就常和在社会中'事功'相背斥，易顾此失彼。"与麻县长的"有情"相比，更多的人追求"事功"。确实，连绵的战争令生灵涂炭，权力的追逐也漠视生命，那些丰功伟绩、英雄主义的背后，是百姓的疾苦，是人性悲剧的盛大演出。一个苦难过去了，另一个苦难又接踵而来；为制止一次由权欲泛滥所带来的杀戮，迎来的往往是更大一次的杀戮；这边刚刚尘埃落定，那边又开始暗潮汹涌。历史总是在重蹈覆辙，普通小民却如波涛中的一叶小舟，不能掌握自己的命运，只能随着世事的浮沉而颠沛、寂灭。

麻县长对那些无辜生命的凭吊，寄寓着作者面对历史的伤恸之情。

《山本》里的这种哀矜和悲悯是深沉的。革命的纷乱，涡镇的兴亡，人事的虚无与实有，是一种生活常态。但贾平凹也看到，历史中有多少善美，就有多少丑陋；有多少坚韧的生，就有多少罪恶的死。他不再简单地写乡土的质朴、重义，更不会轻信传统文化的救世情怀，而是很早就看穿了人世破败的真相。《山本》之前的《老生》，以四个故事呈现百年乡土社会的变局：从乡绅阶层的落寞，贫苦大众翻身做主，到乡村日常伦理一点点被政治与革命话语所"吞噬"，到最后，村人在改革浪潮中发家致富之后乡村又沦为空村——传统和现代的价值观都显露出了自身的乱象。更早以前的《古炉》，写的也是乡村，村民从丢钥匙这样的小事，到"破四旧"、"文革"武斗，他们的起居生活及思想意识都被迫卷入政治运动的漩涡之中，如小说中的善人所说，维系人与人、人与自我，社会、国家的纲常伦理已经失序，乡村也就不复有一种正常运转的经纬。《古炉》《老生》都写到，一群小人物在历史的动乱中，或隐忍慈悲，受尽欺侮与伤害，仍偈强地活着；或被自己都还不甚了了的各种革命理念所劫持，拔刀向更弱者砍去，以善的名义不断制造新的恶。

以暴力和恶来推动的历史，只会产生更多的暴力和恶，历史的荒谬正在于此。

《山本》也多是写小人物的群像，重在以小民的生活史来考辨历史的事功与情义。但比之以前的小说，《山本》还塑造了井宗秀这样的乱世枭雄。井宗秀、井宗丞、阮天保这几种武装力量之间的争斗，也是小说叙事的重要线索。井宗秀成长的故事，原本是一个英雄的故事，他坚忍、能干，不断壮大自己，梦想造福涡镇。应该说，他身上寄托着作者的某种理想，但权力、财富、美色使一个英雄失去了魂魄，人性失去了光彩，他终究成了另一个人。井宗秀崛起和坠落的过程，正体现了人性的复杂和悲哀。他并非全然的恶，他心念兄长，善待县长，对女性知己陆菊人更是敬称为"夫人"，多方示好，只是，这点残存的善念已经无法拯救他朽坏的灵魂，最后落个不明不白的死。他死之后，陆菊人在井宗秀尸体前看了许久，默默地流泪，然后用手去抹井宗秀的眼皮，喃喃道："事情就这样了宗秀，你合上眼吧，你们男人我不懂，或许是我也害了你。现在都结束了，你合上眼安安然然去吧，那边有宗丞，有来祥，有杨钟，你们当年是一块耍大的，你们又在一块了。"井宗秀的眼睛还是睁得滚圆。他有不甘，但权力和英雄的神话终究还是破灭了。

陆菊人和井宗秀是有对照意味的。他们之间无关情爱，她是一个男人成长与衰败的见证者，也是他的哀戚者。这个女人宽阔、平静、智慧，承受着生活的重负毫无怨言，认命但又不愿屈从于现实的安排。在井宗秀面前，她一直保持着独立、自尊，常常牺牲自我来成全他，这份隐忍的大爱，暗藏着她对家族、对一个男人的美好想象。本着这种良善和慈悲，她将茶行打理得井井有条，将花生调教成理想中的样子许配给井宗秀，鼓励、培育井宗秀，希望他造福百姓；她也屡次谏言井宗秀，对预备旅的暴行表达不满；她心系苍生，对人常怀体恤之情，她是《山本》里的奇女子，一个光彩夺目的人物。

对陆菊人的理想化，可以看作贾平凹为中国文化、为自己生于斯长于斯的土地点亮了一盏小小的灯火。

这也是贾平凹不同于其他作家的地方。他写这块土地如何藏污纳垢，写历史背后的罪与恶时，总是对人性怀有一种良善的企盼，对寻常巷陌的烟火气有一份亲近感，对小老百姓向往安宁生活的愿望感同身受。不管革命或战争如何侵扰人心，恶与暴力如何摧毁美善，贾平凹的笔下总会有一两个人物，他们不屈或高洁的精神如同灯火，在那些晦暗不明的岁月里闪烁，如《带灯》里的带灯，《古炉》里的蚕婆、善人，又如《山本》里除陆菊人以外的瞎眼郎中陈先生，还有那个庙里的地藏菩萨，他们都像是《山本》里写到的那面铜镜，照出历史的荣光，也照出历史的龌龊，照出人性的丑恶，也照出人性残存的光亮。

作者看着这一切的发生，痛苦着，怜悯着，茫然，彷徨，有一种无所适从，但也不知该归罪于谁，不知该审判谁。在《秦腔》里，他说，"我的写作充满了矛盾和痛苦，我不知道该赞颂现实还是诅咒现实，是为棣花街的父老乡亲庆幸还是为他们悲哀"，又说，"我没有恨白雪，也没有恨夏天义"——"不知道"和"没有恨"，这种写作伦理，可谓是饶恕一切、超越一切；《老生》里一面是山水，一面是人事，各自的脉络清晰可见，而又浑然一体，追求海风山骨的气韵下也不避人性的凶险；《古炉》察看"文革"之火是怎样在小山村点燃的，看人性如何裂变或坚守，叙事调子上是压抑而哀凉的。

相比之下，《山本》在精神省思的力度上，是进了一步。看得出，《山本》对一种文化命运的思索、一个民族精神根底的理解，更为自觉而深切。所以，《山本》已不止于一种乡村日常的描摹，散文式的絮叨，地方风物的展现，而是追求在一个更宏阔的背景下揭示小镇革命的纷纭变幻，人物命运的跌宕起伏。里面有历史演义，亦有人性拷问，而关于中国人该魂归何处的精神思辨，则透着一种过去不太有的文化气象。作者在"后记"里说："《山本》里虽然到处是枪声和死人，但它并不是写战争的书，只是我关注一个木头一块石头，我就进入木头和石头中去了。"书写一种精神的来与去，辨析历史中的人过着怎样的日子，有怎样的灵魂质地，这背后又蕴含着多大的悲怆和代价，这才是贾平凹写作《山本》的真正用意。牟宗三说，一个有文化生命的民族，不顾其文化生命，是一种悲哀，但一个民族如果有其最原初的最根源的文化，而我们又不信，也无从信，则是另一种悲哀。

《山本》没有掩藏这种悲哀，但它还告诉我们，在废墟之上思索和相信，远比空泛的悲哀更有意义。

张炜的宽阔和神秘

张炜是中国当代重要的作家，对他的写作，我谈三点感想。

第一，他是一个宽阔的作家。这个宽阔，指的不是他的作品数量庞大——尽管就数量而言，他也确实是传统作家当中写得最多的几个之一，而是指他的写作有大的精神背景，有自己的人物谱系，也有他对历史、土地的广阔描写。考察张炜的写作史，会发现这是一个有大的志向、雄心和视野的作家，也许，正是这一点决定了他的写作是有高度的。我最近在想，过于精致的作家，他的局限性是非常明显的，作家的格局还是要大，不能只满足于追求一些聪明的技巧，事实上，艺术上一些细小的变化可能并没有我们想象的那么重要；走得远的作家，肯定要展示自己对人生、历史、世界、艺术的整体性看法。即便是鲁迅、博尔赫斯这样的作家，他们没写过长篇作品，你不会觉得他们是精致型作家，而依然能感受到这是一个精神体量很大、视野很广阔的作家。博尔赫斯对时间与空间、有限与无限的思考，鲁迅对历史、乡土、生存和死亡的思考，会给人感觉是阔大的、有重量的。

如果从这个角度看，当代很多作家虽然持续在写，但格局好像固化了，无非就那点事，人物身上的那股劲也大同小异，据此编再多的故事，也掩饰不了故事下面那颗斤斤计较的心。写作的格局如果让人一眼就洞穿了，读之就会意味索然。所以，作家还是要有点思索者的面容，光凭经验、记忆和想象是不够的，还要有对人生和世界的想法。作家的想法是个体的真理，是态度、立场、世界观，是他观察世间万物的角度，是他为什么写作的内在回应。想得多的作家才显得大而宽阔。张炜就是一个不断通过思考来扩大自己视野的作家：他写大地，但不忘仰望星空；他写平凡的人，也习惯将其置放到历史中来审视；他看起来是钟情于宏大叙事的作家，其实是想让小事、小人物、花草虫鱼和山川大海都联结于某种世界本源，他想看深一点、看远一点，而不是只看到现实和现在。也有人觉得张炜的写作有点高蹈，道德理想主义情结也过于坚硬，但一个人一生持守于此，一生在为一种情怀招魂，这种情怀自然就获得了某种庄重的真实感。

第二，他有自己的写作观。读张炜的很多演讲、采访、读书笔记就会发现，他既创造文学形象，也聚合、提纯自己的众多感想，以自觉建构自己的写作理论。有此自觉的当代作家也是不多的，多数作家不过是感觉主义者、经验主义者，并以此为炫耀，好像理论、思想是写作的天敌。其实，写作理论的建构是作家对自己的沉思，也是对他者的吸纳，你从何种观念出发，也会影响你的写作有多大的讨论空间。诺贝尔文学奖何以从来不授予一个没有自己写作观念的作家？估计也隐含着他们对文学的判断，那就是无思想即无文学。当年为何是高行健得奖而不是北岛？未必是北岛的文学成就不如高行健，其实二者比起来，北岛就吃亏在除了有诗歌、散文作品行世，几乎不太谈及他的写作观念、思想成因，他连创作谈之类的文字都极少。这会给人一种感觉，写作只是一种直觉，而非他对世界的成熟观察。而高行健呢，他的作品很多人未必喜欢，但他对写作的看法一套又一套，现代小说技巧初探，戏剧的艺术，"没有主义"等等——"没有主义"也是一种主义。这些对于别国的人认知一个作家是有导引意义的。举这个庸俗的获奖例证，我不过是想说，写作观会决定一个人的写作，也可能会决定他会被放在哪些话题、哪个文学史脉络中来讨论，它并不是可有可无的。多年来，关于张炜的讨论、研究和争议，从来不是只关乎他的小说，也和他的情怀、理念大有关系。他的写作观念，扩大了他作品的阐释空间，也创生了不少文学话题。这同样值得研究。

这些写作观念，不一定是张炜的原创，但不断借由他的重申、强调，确实开始为更多人所重视。比如，他说"文学是生命里固有的东西"，"写作……与我的生命等值"，"写作……实在是灵魂的事情"，他说作家和现实之间的关系总是紧张的，作家要有一颗童心，也要有一颗倔强之心，等等。这种观念在今天这样一个浮躁的时代，极具守护的意义。有一次，我和张炜去韩国，他与我论及一部作品优劣之时说，作家要贴着语言写，批评家也要贴着语言读啊。这话是很有见地的。多少次，我们对一些作品争议丛生，核心问题就是忽略了语言问题，没有贴着语言读。语言不对，关于这部作品的诸多赞誉可能都会被颠覆。汪曾祺就认为，作品中语言是第一位的。经常有人说，这部作品写得不错，就是语言差一点。在汪曾祺看来，语言若差，一部作品就无足观了。你不能说这幅字不错，就是线条感差一点；这幅画不错，就是色彩差一点。不存在艺术语言差的好作品。正因为有此观念，张炜对语言是有自我要求的，包括他出版的很多演讲录和对话稿，语言都很讲究，可见出版之前是经过了他的过滤的。对写作一旦有了顽固的理念，并试着在写作中贯彻这些理念，写作的重要意义就会显露出来。

第三，要重新认识他写作中的神秘精神。写作是有神秘性的，不是一览无余的现实反映，这一点，可能是张炜的写作对当代文学最重要的启发之一。二十世纪以来的文学，现实感是核心品质，现实关怀也是主流，这对文学参与一种社会进程的记述，具有非凡的意义。但过度强调现实感意义上的真实之后，文学其实正在失去更本质的东西——写作是精神事务，本应有神秘和超越的品质。我们不妨回想，写作的缘起本不是记事、纪实，而是起于祭祀。苏珊·桑塔格就说，最早的艺术体验是巫术的，魔法的，是仪式的工具。今天我们太过重视现实的写作，作家的身份也就局限于知识分子，以致写作已无多少精神想象力，这个时候，就要重申写作如何接续祭司这一传统了。作家还有可能成为祭司或通灵者吗？巫的、祭司的气质，表明写作和不可知的神秘世界还有对话的愿望和可能。按照李泽厚的研究，中国文化的成熟，最重要的转折就是周克商之后，实现了从巫到史的转化，周人开始意识到，重天意不如重人意，重天道不如重人道。商是讲祭天的，周则重民德，让老百姓的日子好过，结果祭天的民族那么强大，还是被周打败了，从此，中国人对人道和历史就有了深沉的敬畏。人不把命运随便交给神，交给未知的力量，而是学习把命运掌握在自己手中，因为历史是人书写的。从巫到史的转换，是中华民族较早就走向精神成熟的重要标志。中国人甚至把历史发展成了一种准信仰，史家之言从来无人敢轻慢。

　　这种史观的形成，对于一个民族的进步是有积极意义的。

但我们也要思考另一个问题，那就是在历史记述之外，我们为什么还要有文学？如果丢掉了巫、祭祀、祷告的这个精神传统，如果对未知世界已无想象，把这个世界上的事情全部都解释成现实主义的，这个世界是不是也太乏味、太没意思了？文学的存在，就是要让这个没意思的世界变得有意思，这个"有意思"，表明现实之上还有一个想象世界，理性世界之外还有一个非理性的、感觉的、神秘的世界。今天的文学要争取到属于它的独立意义，还是要回到它的原初——从根源性上讲，作家是祭司，是和神灵说话，是和不可知的世界产生对话关系。这一脉的写作传统，二十世纪以来越来越微弱，写作普遍成了现实的写照、现实的传声筒。王国维说，中国文学有两个传统，一个是《桃花扇》的传统，一个是《红楼梦》的传统；《桃花扇》的传统是主流，它是人伦的、历史的、民族的、大团圆的，而《红楼梦》这种传统，是人生的、精神的、宇宙的、具有神思的，这个传统比较弱。作家都成了知识分子，在那观察、议论、反思、批判，唯独遗忘了自己身上作为一个祭司的使命，写作更多是反映、发现，而不再是创造、召唤。

　　张炜的写作，让人重新思考写作是具有神秘性的一面的。大地、万物、宇宙都是具有灵魂的，这个"灵魂"就使得我们的精神多了一个向度：超越性。我读赵月斌的《张炜论》，里面引了马克斯·韦伯的一句话：只有从"尘世"中抽身出来，才会有时间和力气来思考以及捕捉那些神秘的感觉。为什么张炜的小说里面，一直有一种精神世界和世俗世界的对抗？其实是他想从这个世俗世界里面逃离，找寻精神世界中那些神秘、不可知、不确定的事物。这就是对超越性的追求。这种追求，不是宗教，也不宜指证为宗教性的关怀，它更多是模糊的、暧昧的、难以言说的。文学本就是对不可言说的言说，确定的答案并不是文学的感知方式。因此，与其说张炜小说里面有宗教情怀，还不如说它有人文精神。人文精神是很中国化的表述。宗教是要说出一个终极的、无限的神的存在，但人文精神不同，它可以通过自然文化，通过对万物有灵这种观念的强调，通过宇宙神秘性这一维度的建构，让人在现实之上去想象一个精神世界。

这个写作向度是张炜一直在强调和追寻的，它对当代文学的启发，就是让我们重新意识到了写作的超越性、神秘性，意识到作家，尤其是现代作家不完全是知识分子，不完全是由理性观念建构起来的描写者和思考者，他还要有一种通灵的能力，有对现实之上的想象世界、神秘世界的指证能力，只有这样，文学才能不断扩大人类的精神边界。这是文学独有的力量。在这样一个技术主义和媒体为王的时代，就表达现实而言，文学已难和照相机、录像机、电影、电视相抗衡，忠实地书写现实，已非文学独有的强项，而文学对想象、精神、未知、神秘、超越世界的想象、体验和书写，才是别的艺术门类、别的技术世界所没有的，而这些也是人类生活所不可或缺的。正因为此，张炜写作中的神秘性与超越性对现实的提升和再造，是特别值得重视的话题。

李敬泽的"我"

　　昨天为了赶飞机，起了个大早，出门时忽然发现，自己好久都没有见过真正的黎明了。那个万物苏醒的过程，黑夜与白天的界限从模糊到清晰，尤其是黎明前那混沌、朦胧、慢慢呈现的状态，特别文学。路过一个湖边的时候，想到文学作品就如同湖边柳树的倒影，兼具现实与想象的双重面貌：只写岸上的柳树，未免拘泥和老实了；只写柳树的倒影，全是务虚的笔法，无一片叶子是实在的、真实的，又太过任性和缥缈了。文学的存在正是弥合事实世界与想象世界的裂痕。科学、历史、考古，志在记录、还原事实的本来面貌。尽管本来是怎样的，不可复原，但科学家、历史学家、考古学家至少有此志向，以实证为准绳，对世界进行事实层面的重建。宗教更多是想象的产物，一种精神奇迹的提出与确认，负责现实如何超越、日常如何升华的精神层面的建构。

　　文学大概是居中的一种存在，它不只是对事实负责，也不完全是天马行空的幻想。好的写作总是物质和精神、事实与想象的综合。

　　这其实不是文学的原创，而是文学对日常意识、日常生活的模仿。没有人只生活在事实之中，而无梦想、诗意、神游万里的思绪；也没有人只生活在幻想之中，而完全无视现实世界对他的限制，除非他是一个精神病患者。但日常意识与日常生活本身就是混杂的，多声部的，尤其是说话方式，更是杂语喧哗的。比如会议发言，是专业的说话，用的都是理论语言。会后呢？日常的说话呢？没有人一天到晚用理论语言说话，也没有人的话语只有单一的叙事或抒情。日常说话就是叙事、抒情、议论的杂糅。讲个故事，发个议论，所谓夹叙夹议，是常态；回忆、评点、感慨也经常混杂在一起——每个人都是如此。

　　写作作为对一种说话方式的模仿，本不应有森严的文体分隔，强行区分出诗歌、小说、散文、评论的文体，并要求写作者遵守或对号入座，这些并不适合所有人。尽管这样的文体分隔，有利于对一种说话方式的提纯，符合现代社会专业细分的要求，也取得了很高的成就，但在文体的牢笼中待久了，也要警惕文体区隔之后的精神分裂。以为自己只能在一种文体里精益求精，这实在是一个可怕的误区。

不妨来回想一下中国先秦时期的一些宏文，回想一下《论语》《圣经》《古兰经》，包括李敬泽写作中经常提及的柏拉图的《会饮篇》，它们到底是一种什么文体？没人说得清。这些经典是思想巨著，也是文学作品。如果要为它们概括一种文体，不过是说话体——对日常生活的思想与语态的模仿，小说、散文、随笔、评论，各种笔调都有，如此自由、深刻，又如此真实，并且都有一个智者的腔调，你能清晰地感受到一个人在说话、行动、思索，甚至在恳求、呼吁、牺牲自己。文字背后这个人强大而坚定，他不隐藏自己，而是力图展现一种生命和实践之间的完美融合。读到这样的经典，谁还会在乎这些话语到底是小说还是随笔？到底是在叙事还是议论？

文体的界限不存在了，这是语言的自由，也是写作的极高境界。

如果我们承认这些是伟大的文学，那也是有"我"的文学。有"我"的面容，"我"的观察，"我"的思想，用"我"的方式说话。这就有了李敬泽的写作。他的写作难以定义，他自己也无法定义。他是故意的，也是无意的。他有话要说，又想自由无忌地说，于是下笔万言，纵横万里，写出了一批无法为固有的文体所界定的文章。近年一直出现关于李敬泽的作品文体的讨论，越界，革命，独创，大家都看出了他不想落入散文俗套的写作野心。其实他也是在向经典致敬，他意识到了有必要重新恢复一种说话方式，管他什么文体，关键是要找到"我"的说话方式。

这样的写作是原创的，也是先锋的。李敬泽对现代文体区分的反动，是因为他看得更远，回到了一些源头性的话题。苏珊·桑塔格说："文学是进入一种更广大生活的护照，也即进入自由地带的护照。文学就是自由。"无自由就无人类历史中那些奇思妙想，也无文学史上那些创造性的篇章，所以德里达也说："文学是一种允许人们以任何方式讲述任何事情的建制。"

《青鸟故事集》写于二十年前，从那个时候就可看出，李敬泽对现代社会以来的文体建制是不信任的，其至认为文体建制是应该颠覆的。到《会饮记》，有一些语言实践走得更远，"他"像是一个伪装的"我"随意穿行，若隐若现的真实事件，恍兮惚兮的叙事改造，唯一可靠的线索不过是个体的想象——而恰恰想象是自由的，充满意外的转折和旁逸斜出的语言枝蔓。许多时候，叙事从一个点进入，估计连作者自己都料想不到会从哪个出口出来，而李敬泽似乎就是要证明"任何方式讲述任何事情"的自由不可失去，更不能拱手相让。

这就是先锋写作。先锋不仅是前进的、未来主义的，也可以是后退的、古典主义的，核心是自由，是反对业已成型的建制。写作最大的痛苦就是限于语言的牢笼，与其在一种不合身的文体中左冲右突，不得其门而入，还不如忘记文体，就写文章吧，总有一种说话方式适合你。

但不要以为这样就轻松了，容易了。其实更难。不是写不了其他文体才跨文体，不是厌倦了单一文体之后才采用多文体。文体的自由和驳杂一旦失控，不过是一些语言的碎片，或者是一个不顾一切标新立异的姿态，跨文体、多文体的成功，显露的是对一个写作者心智的全面训练，是他对自我的重新认识。理性与感性混杂，故事与道理并置，口语与书面语同台。健康、饱满的心智本就应拥有多种能力：可以讲述，也可以思考；可以面对现实，也可以沉迷于虚构。真实的事件可以入文，道听途说也可以入文，书面知识可以入文，个人冥想也可以入文。任何固定的知识、板结的观念，我都不轻易认同。我要建立一道自己的眼光，重新打量这个世界。这个"我"一直在怀疑，一直在想象，一直在肯定和否定，这就是写作的意义。

我们为什么还要写作？不是因为这个世界少了一个故事，而是这个世界少了一个"我"；不是因为这个世界缺少语言，而是缺少"我"的语言。有"我"的写作是自我立法的，往往谦逊而专断。世界为"我"所用，知识和材料为"我"所用，甚至每一天见闻也为"我"所用。有"我"的写作是很气派的。李敬泽之所以可以在孔子、孟子、宋徽宗、曹雪芹、柏拉图、布罗代尔之间自由往返，潜意识里是觉得这些都可以为"我"所用——"我"对这些有自己的理解，哪怕是错误的理解。

这是非常现代的观念。自我立法，重估一切价值，语言狂欢，文体革命，游戏之心，文字下面的庄重与坏笑，熔于一炉，李敬泽的写作充满个性与原创。但同时他又是传统的，非常中国化的。大家都知道，中国古代一直重诗文，轻虚构。诗文是崇高的，小说、戏曲是不入流的、没有地位的。这种观念的形成，根柢上的原因是中国文化精神中看重有"我"存在的文字。"我"在天地间行走，"我"如何独与天地共往来，"春风知别苦，不遣柳条青"，"东风知我欲山行，吹断檐间积雨声"，柳树何时发芽，雨何时停下来，都与"我"的心境有关。孔子的"我"里有天下，杜甫的"我"里有苍生。这些阔大的"我"，有思想力、感召力和行动力的"我"，正是中国文化中最伟大的存在。天人合一、物我俱忘等思想，就是从这里来的。

这令我想起钱穆在《人生十论》中讲过的一个故事："有一天和一位朋友在苏州近郊登山漫游，借住在山顶一所寺庙里。我借着一缕油灯的黯淡之光，和庙里的方丈促膝长谈。我问他，这一庙宇是否是他亲手创建的。他说是。我问他，怎样能创建成这么大的一所庙。他就告诉我一段故事的经过。他说，他厌倦了家庭尘俗后，就悄然出家，跑到这山顶来。深夜独坐，紧敲木鱼。山下人半夜醒来，听到山上清晰木鱼声，大觉惊异。清晨便上山来找寻，发现了他，遂多携带饮食来慰问。他还是不言不睬，照旧夜夜敲木鱼。山下人众，大家越觉得奇怪。于是一传十，十传百，所有山下四近的村民和远处的，都闻风前来。不仅供给他每天的饮食，而且给他盖一草棚避风雨。但他仍然坐山头，还是竟夜敲木鱼。村民益发敬崇，于是互相商议，筹款给他正式盖寺庙。此后又逐渐扩大，遂成今天这样子。"这一座大庙，看起来是信众造的，是他们筹款盖的，也可以说是这位方丈的一团心气在天地间涌动、生长，是方丈那个"我"建造出来的。钱穆说："我从那次和那方丈谈话后，每逢看到深山古刹，巍峨的大寺院，我总会想象到当年在无人之境的那位开山祖师的一团心血与气魄，以及给他感动而兴建起那所大寺庙来的一群人，乃至历久人心的大会合。后来再从此推想，才觉得世界上任何一事一物，莫不经由了人的心，人的力，渗透了人的生命在里面而始达于完成的。"

写作也是"我"在创造世界。从无到有，无中生有，不断地生，世界就不断丰富。中国的诗里面有"我"，小说呢，是说别人的故事。同样是小说，四大名著中，《红楼梦》的地位更高，不仅是因为它的艺术成就高，也因为《红楼梦》是"我"的故事，而非只是别人的故事。钱穆还说过，中国的诗人不写传——不写自传，也不请人给自己写传，为什么呢？因为他的诗歌就是他的传记，"诗传"。"我"的诗歌可以为"我"做证。在中国，传记风行是二十世纪以后的事情，但在古代，文人通过作诗，就能让人看到"我"的胸襟、旨趣、抱负，"我"的行迹与心事。

我们何以记住李敬泽的文？包括他平时在各种场合的讲话、致辞何以能与众不同？腔调独异，文采飞扬，这只是一个方面；还有另外一个方面，就是因为他的文字中有一个"我"——那个确定、自信而又飘忽、神秘的"我"，那个宽阔、沉实而又驳杂、恣意的"我"，那个有话要说而又找到了自己的说话方式的"我"。任何时候，李敬泽都不放弃"我"的存在，即便这个"我"有时必须沉潜，也偶尔会在一个比喻、一个词里露出痕迹，而这个痕迹总会鲜明地打上李敬泽的色调。《会议室与山丘》收录了他很多访谈，记者问的许多问题都是俗套的，有些更是大而空泛，但李敬泽总能找到自己的角度，新见迭出；他一直坚定地在陈述"我"的文学观，从一些说法、用词中，你就知道是李敬泽在说话，所以他的访谈也是文章，他的思路和逻辑是自我的，不会受制于访问的人或现成的观念。《咏而归》是重读经典，而且是大家所熟知的经典。关于《论语》《孟子》，很多人都可以说上一段，但李敬泽力图把它读成"我"的经典，是"我"在此时的阅读感受，是可以给此时的"我"带来启示的思想对话。更多的时候，李敬泽说了些什么你未必记住，也未必同意，但你不知不觉为他的说话方式所吸引。印象中，中国文坛多年不讨论"怎么说"这个文学的本体问题了，但在李敬泽近年的写作中，反而让我意识到有一个"怎么说"的问题一直顽固地存在，而且极其重要。

李敬泽的许多文章我都读过多时了，但至今想起，仍旧忘不了那个有腔调的"我"——写作到这个地步，写的到底是什么文体，写得有多好，真的不那么重要了；更重要的是，这个"我"因文而立，也会因文而传。我想，这是对写作最高的奖赏。

东西是真正的先锋作家

　　自发表《没有语言的生活》以来，东西一直是"六〇后"作家群中极为重要的一位，但很少有人指出，他是一位真正的先锋作家。很多的先锋作家早已转型，或者只是在做一种比较表面的形式探索，可东西不同，他的先锋是内在的、骨子里的。他的写作，从一开始就持续探索个人命运的痛苦、孤独和荒谬，并赋予这种荒谬感以轻松、幽默、反讽的品质。读东西的小说，能从中体验到悲哀和欢乐合而为一的复杂心情。他的小说形式是现代的，叙事语言也是有速度感的。他的先锋品质，有必要重新强调和确认。

　　第一，东西是通晓现代叙事艺术的小说家。

　　并非所有小说家都懂得现代叙事艺术。我读过很多作家的小说，仿佛整个二十世纪以来的现代主义文学都被删除了，之前那些伟大作家们所作的叙事探索似乎都是没必要的。可小说进入二十世纪以后，怎么写是个大问题，陈旧的叙事方式已经无法再穷尽新的现实和想象。面对新的现实，需要新的表达方式。现代小说家最重要的才能就是进行虚构，创造新的形象——而形象的完成，往往是通过艺术的假定性来建立的。说得通俗一点，能把看起来是假的东西写成真的，这才更像是现代艺术。传统小说是模仿现实，是一种对现实的仿真叙事，按着现实的逻辑、方向来写，这种叙事难度是有限的。而要把假的写成真的，这是新的叙事难度，如何克服这种难度，进而完成对新的真实的确认，是现代小说要解决的首要问题。

东西几乎在每篇小说中都会设计一个或几个叙事难点。他不讲那些符合常理的故事，至少他不愿让自己的故事与普通读者的逻辑常识重叠。他所讲的故事，往往在现实逻辑中是不太可能的，甚至看起来像是假的。《没有语言的生活》里面聋人、盲人、哑人三个残疾人生活在一起，就是一种非常规的叙事设计。《耳光响亮》中的牛红梅在父亲失踪、母亲改嫁后成为家里的主心骨，她先后周旋于三个男人之间，而每一次都无法开始新的生活，最后为了给弟弟筹集拍摄电视剧的钱，嫁给继父。《救命》里，麦可可因为她男朋友郑石油不愿意和她结婚而要跳楼自杀，人民教师孙畅出于好心替郑石油去做说客，答应一定让郑石油娶她而救下了麦可可。但此后一发不可收拾，结婚之际，郑石油还是跑了。麦可可去孙畅的课堂，抱怨孙畅也是个骗子，骗了她"不死"。她不断地找机会自杀，孙畅夫妇照顾自杀受伤的麦可可。为了让麦可可不死，孙畅夫妇含泪答应给她婚姻。最后，孙畅和麦可可在一起。《后悔录》里的曾广贤，很早就对性有各种想象和欲望，他一辈子碰到了各种机会，可就是没有享受过真实的性爱，甚至和女人没有过身体接触。《篡改的命》中人物命运也极具戏剧性，汪长尺的父亲进城招工被人顶替，汪长尺参加高考名额又被人顶替，为了完成三代人进城的"遗志"，父亲最后竟然把儿子送到仇人的身边，让他认仇人做父亲以改变命运。

这些故事的逻辑起点，看起来都是不可能的，是假的，但作家的才能就是要通过他一步步的叙事论证，说服你，让你相信它是可能的，它是真的。正如我们读卡夫卡的小说，如果从小说的写法上来讲，他的寓言方式是简陋的，谁都看得出是假的，但你读完小说之后，你会相信卡夫卡所写的，会觉得人的处境就像他写的那样可怜、卑微，人已无人的尊严和光辉。形象的假定性，精神的变形，通过叙事的强大说服力，把假的证明为真的，这就是现代叙事艺术之一种。东西具有这种自觉的现代意识，而且在自己的写作中一以贯之，这在当代作家中是不多见的。

第二，东西真正面对和处理了中国当下的现实。

东西的小说，一直都在写当下的、现实感很强的题材。在中国当代作家中，持续写当下题材的并不多，贾平凹是一个，东西也是一个。更多的作家会选择有历史感的题材，比如，有一段时间，很多作家都写以民国为背景的故事，因为这种题材能给予他们更大的想象空间。但凡太迫近的现实，都是很难写好的，瞬息万变的现实往往是一些碎片，要把握它、深入它，并不容易。东西试图通过写作，把自己证明为一个现实中人，并为正在演进的现实找寻一种自己的观察角度，进而触及当下的敏感点，分析当代人的生活状况。他处理的中国现实，是此时的、当下的。如此短兵相接、正面强攻的写作，要能不流于肤浅，不流于罗列现实事象，显然需要有写作的介入意识和承担精神。

为了写好如此纷繁复杂的现实，东西有一个重要的才能，那就是为小说找寻关键词，用关键词来概括一种现实，一种人生。他的《后悔录》，"后悔"就是关键词。这部小说写于十几年前，但今天读来，越发觉得东西是敏锐的、有预见性的。现在是真正进入了一个后悔录的时代，几乎所有的人都生活在后悔之中，后悔便宜的时候没有多买房，后悔年轻的时候没有珍惜身体，后悔在位的时候利欲熏心，后悔有爱的时候没有好好地爱，后悔死的时候才考虑灵魂去哪里的问题。而且"后悔"是非常中国化的词，他不用西方人常用的"忏悔"，而改用后悔，更准确，也更意味深长。又如《篡改的命》，"篡改"

也是关键词。它非常符合中国人对生活的态度，中国人信命，但也要改命。天意不能改，可以自己来改，于是我们这个时代什么都改，改性别，改年龄，改档案，改天换地，甚至改历史。

"后悔"和"篡改"这样的词，都是很中国化的。东西之所以能写好中国当下的现实，就在于他用了中国人的感受、中国人的想法去观察、去省思。他对现实的理解不是西方式的，也不是来自翻译小说的，而是用自己的眼光看，同时在众多的现实事象中，找类型，找典型，找具有强大概括力的人和事，这是一种写作的智慧。

他的一些中短篇小说也是如此。如《不要问我》，写的是一个负气离职的大学老师，因为弄丢了身份证，他的"身份"马上充满各种疑团，接下来就是一系列无法证明自己的无奈、恐慌、荒诞。《没有语言的生活》讲三个残疾人之间的交流，以及他们与外界的交流与生活，"语言"既是工具，也象征着外力，他们之间偶有默契，更多的是沟通障碍，这其实也可看作现代人自身精神交流的困境。《目光愈拉愈长》里，农妇刘井完全活在绝望的世界，丈夫在家时装病犯懒，同村人帮忙干活，却被丈夫怀疑与之有染，她还因此被火红的铁烙下伤疤差点死去。为改变儿子的命运，刘井把儿子亲自送给了人贩子。好不容易攒下的钱，又被兽医骗走。儿子最终被警察找回来，却不再是之前的儿子。但在这样一种令人绝望的生活里，东西让刘井能够看到远方，目光可以愈拉愈长，她看到儿子过着比自己吃得好、穿得好的更好的生活，这丝绝望中的光亮，何尝不是许多底层人的救命稻草？还有《我为什么没有小蜜》《猜到尽头》等小说，也都讲述了现代人在情感与精神上的尴尬，明明面临被压抑、被异化的诸种可能，还经常处于茫然不自知的境地。东西直面现代人的生存困境，并把现代人所受的各种精神伤害，指证为一种触目惊心的现实。是他身上可贵的现实感，使他成了一个尖锐的人，一个饱含同情的作家。

第三，东西有自己的小说观和思想方法。

很多的作家可以写出好小说，但他未必有自己对世界的看法、对生活的看法。有的作家完全是凭直觉写作，缺乏思考力，这样的作家其实走不了太远。写作除了经验、观察和想象，还应该有思想，甚至可以有某种程度的主题先行。只是，小说的思想、主题不一定是哲学的、宏大的，它很可能是小说家对具体问题的思索，是他对人性的发现和诊断，并让这些思想和主题成为作品中的肌理，交织、融合在所写人物的人生之中。由思想形成对人、事、物的理解和判断，构筑形象，再由形象来诠释和再现这种思想，这是作家解释世界的方式。

东西的写作，一直在探索自己的世界观，他渴望塑造出有思想光彩的人物，写出有思考力的小说。这种自觉，在他的写作中，首要体现为他的小说总有一个思想骨架。意大利作家莫拉维亚用过"骨架"一词，他说，"长篇小说总是要有一副从头到脚支撑着它的骨架"，但他又说，这种思想的骨架不是总结出来的观点安置在小说里，骨架是同人的躯体的其他部位一起成长的。小说中的思想也应该如此。东西深知这一点。他把自己的世界观的表达，贯注在人物与故事之中。他重视人物性格的逻辑设计，叙事跟着人物的命运走，同时他也重视故事和故事的趣味。好的故事及其讲述方式，是形象和思想最重要的载体，小说的好与坏，决定性的因素就是形象和思想的完成度。东西所塑造的人物，牛氏三姐弟、卫国、曾广贤、汪长尺等人，他们身上有着这个时代鲜明的精神特征，他们的故事又映照着我们各自的记忆及伤痕。这些人物所昭示的命运，可以勾连起一个关于这个时代生存状况的思想骨架，一个人物就是一个重要节点，一个人物就是一个令人难忘的精神黑洞。这样的思想追求，可以充分见出一个作家的志向。

东西的小说除了有"骨架"，还有自己的叙事腔调。叙事腔调其实就是思想方法。东西的这个方法，概括起来说，最核心的就是反讽。反讽是和幽默相关联的。有幽默感的作家很多，但能用好反讽这一叙事腔调的作家却很少。东西是其中突出的一位。他对反讽的应用是全面的，这既是他小说叙事的总基调，也贯穿于他小说的细节和语言之中。《耳光响亮》里有不少反讽场景，比如父亲牛爱国离奇失踪后，母亲在惊慌失措中用举手投票表决的方式来问询父亲是否死亡的意见；孩子们把父亲的遗言写成标语贴在墙上。《肚子的记忆》讲述的故事滑稽可笑，为了满足结论而去寻找论据，是对科研造假的嘲讽。《篡改的命》里有不少网络语言，"死磕""弱爆""抓狂"等等，而人物身份与其所说的话之间的反差性对照亦构成反讽效果，如汪槐所说的"GDP"，汪长尺所说的"拉动内需"，小文在与汪长尺争吵时，将海子的那首《面朝大海，春暖花开》背得非常熟……

何以东西一直用反讽的叙事方法来写作？这源于东西认为这世界本身就是荒谬的。荒谬是东西对这个世界的指证，他的所有小说几乎都在陈述这个事实。要说关键词，这是东西所有小说的关键词。我们不断在后悔，同时又都无法避免地生活于荒谬之中。活着是荒谬的，试图摆脱这种荒谬的方式本身也是荒谬的。《救命》中，不守信的人可以随便消失，潇洒活着，只剩下好人去关心他人，被纠缠，被迫陷入困苦烦累，直至自己妻离子散。《肚子的记忆》里，医生姚三才为完成自己的医学论文，将自己想到的各种发病缘由都往病患王小肯身上套，甚至通过和王小肯妻子通奸的方式，询问出王小肯的家庭收入和父子关系等，使尽各种办法让王小肯签字承认自己有病。《篡改的命》中，汪长尺为了改变儿子的命运，决定把儿子送到仇人身边抚养，为了儿子，甚至不惜付出自己的生命。这一切，全是无以复加的荒谬。

史铁生说："对写作而言，有两个品质特别重要，一个是想象力，一个是荒诞感。"东西具有这种能力，他认为，荒谬正是当代社会的真实镜像。面对光怪陆离的当代生活，荒谬已不是一种文学修辞，无须作家刻意去扭曲生活的逻辑，或者用夸张的手法去写一种貌似离奇的生活——荒谬已经成了生活本身。要写出这种生活的荒谬感，光有幽默的才华是不够的，更重要的还要看到荒谬背后有怎样不堪、破败的记忆，又藏着怎样的心酸和悲凉。说实话，能够看穿生活底牌的作家，他在骨子里一定是悲哀、绝望的。他是通过荒谬、悲哀和绝望这些事物来反抗生存、批判社会。但在悲哀和绝望的深处，东西的内心又存着同情、暖意和希望，他不是一味地用强用狠的作家，他的世界观里，还深怀善意，这也是他小说蕴含的力量既尖锐又隐忍的原因。

有思想的骨架，有反讽的语调，有对荒谬世界的指证，有悲哀与绝望的力量，东西的小说追求明显高人一筹。我并非说他的小说没有细节的漏洞、语言的粗疏，没有逻辑铺陈不够而略显生硬的地方（这方面在《篡改的命》里较为明显），但作为一个有现实感和现代意识的作家，东西的先锋性和独异性还远没有被我们充分认识。

普玄所直面的另一些人物

　　在中国当代作家中，普玄是独特的，有力量的。他的独特和力量，首先体现在他小说的人物上。普玄的小说塑造了各种人物，这些人物，都给我留下了深刻的印象。好的小说，是要贴着人物写，汪曾祺所说的"是有人物"，可以说是小说的基础，甚至是小说最重要的灵魂。普玄的写作，从一开始就有这种意识，有意去刻画小说中的人物群像。虽然这些人物群像有相似或两极化的特征，但是读完他的每一篇小说，人物形象就会浮现出来，人物身上也能看到与当下的社会生态、情感生态密切相关的现状。

　　一般来说，时间上越靠近当下的题材越难写，或者说在一个时间跨度很短的空间里写好小说是很难的，因为有距离感，作家才能更冷静地审视，写作才更容易赋予生活一种特殊的光芒。面对太近的、大家都熟悉的、没有经过时间淘洗的当下生活，作家很容易陷入生活流的、细碎的叙事之中，要把小说写好是比较难的。

普玄直面了这种当下进行时的生活。

他的小说，虽然设置了更远的少年时代的背景，但主体还是写当下生活，而且在当下生活中关注独特的人物群，如混混的形象、妓女的形象，包括商海中成功人士的形象，还有老人和儿童群体形象。这些都是当代生活中特别能表征现实状况的人物。普玄持续关注这些看起来边缘的、不那么有话语权的，甚至可能被很多人鄙视的人群，通过他们来书写中国当下坚硬的现实。普玄把小说的着力点放在塑造人物群像上，这可能正是他小说能风格化的原因。当然，风格化也会有一些代价，一些符号可能会慢慢固化，失去新意。

很多人都注意到了，普玄的作品里写了大量的官场、娱乐场、商界等各种阶层的小人物。无名的人物，你可以把它概括为底层，也可以概括为一种反成长的新的青春叙事，这是一个角度，这些人物背后有很多东西值得分析。普玄着重写活在当下，而且爱恨情仇也全部都要在当下兑现的人物，这种人物身上有一种无法被我们现在的道德、秩序所定义的力量，这种力量是普玄作品中极突出的。

中国当代文学中的人物精神普遍是萎靡的、孱弱的、屈服的——有身体上的屈服，也有精神上的屈服。当代作家写了很多黑暗的、绝望的生活，我曾经把它称之为心狠手辣的写作，这种写作的背后缺少一种力量，一种能够让人在废墟里，在一种破败、不堪的生活中站立起来的力量。也许有些作家意识到了，但他缺少一种能力把这种力量写出来。普玄笔下的人物，是生活在破败、混乱的，被忽略的阶层，可这些人物总是不甘心，总是想在这样的生活里建立起他认为的有尊严的生活，他们想把这种压抑的力量迸发出来。

如果要追溯这种精神的源头，我觉得这些人物的来源是《水浒传》，以及普玄自身的生活。他笔下的很多人物，也许可以称之为新水浒人物。

中国当下的社会，在民间、底层，在我们不知道的角落里，还有很多水浒式的价值观、水浒式的人物，这也是中国社会极为重要的力量。这些人，我们该怎么理解和概括，该怎么去写他们？牟宗三说《水浒传》中的鲁智深、李逵是"无曲之典型"，宋江、吴用之类是"有曲之典型"。所谓的"无曲之典型"，意思是直的、单纯的、率真的，完全照着自己的本性活着的人，这些人不按孔夫子的教导活着，他们有自己的价值观、人生观，包括对义的理解（《水浒传》里面重视义），这个义也不是孔夫子的，是他们自己理解的义。

这种人有一个特点，他虽然单纯、率直，但是他受不了一点委屈，如果你错了，你的错就是永远的错，不管你错大还是错小，你的错在先，你就要付出代价，我就得找回公道，所谓"文来文对，武来武对"。武松说，我的拳头专打世间不明道理的人。这个"道理"也不是孔夫子的道理，是武松的道理。这种人为什么有他的价值？我想起《水浒传》里面有另外一种人，就是武大郎这样的人。这种人在现实中很多，老实头，可怜虫，但是他对弟弟奉若天神，这种可怜虫受了委屈，受了羞辱，你不要奢望靠他自己能争得尊严，他的尊严是要靠别人打出来的。如果没有武松，这种老实人死了就会完全被淹没，含恨而去，无声无息。他的尊严是他自己争不来的。我现在并不喜欢一些人，一讲到底层的时候，动不动就说不要怜悯、同情，不要居高临下，要客观呈现底层。其实，有些底层的人就必须有人出来帮他们申冤，必须帮他们打出去。如果你不打，不申冤，不为他们说话，他就永远淹没无声了。

今天的中国社会，需要有那种为道义能站出来的人，《水浒传》里面把这样一帮人叫作"汉子"。"汉子"和"英雄"不一样，汉子不是简单的英雄，英雄是承载着传统的道义价值观的，而汉子就是直来直去，直道而行。《水浒传》特别写了这一帮人的价值观和行为方式，如果照着孔夫子的标准，或者照着老庄和宗教的标准，当然他们是暴力的，是可叹的，但他们自己不这么认为，他们觉得只要当下能兑现公道，死了就死了，亡了就亡了，没有什么遗憾的，就要这么活。他们是照着内在的、原始的、本真的力量活着，他们有罪就承认自己有罪，好汉做事好汉当，甘愿受刑。我们很难用传统的文学价值观来评价他们。同情他们？悲悯他们？他们不觉得自己需要被同情。李逵和鲁智深这些人会想要你的同情吗？他们有另外一种活法。

所以，中国社会里，孔夫子以外还有水浒，还有照着水浒式的价值观生活的人。这种人的力量如果没有被代言，如果没有人来塑造、来写，这些人就永远被淹没了。这种人有他自己活着的方式，这种方式甚至带有某种宿命，但有蓬勃、强悍的生命力。这种生命力必须动起来，原始的生命力时刻蠢蠢欲动，你要让它动起来，爆发出来，如果你不让它爆发出来，这力量就一直在涌动。我觉得这种生命力特别有意思。

普玄的小说大量写到了这种蓬勃的生命力。

这种生命力是特别鲜活的。《水浒传》里面的李逵，看别人家把爹娘搬上山来，他也下山去搬他的娘，结果娘在深山里被老虎吃了。回来给大家一讲，大家都哄堂大笑，哄堂大笑不等于说大伙对他娘的死没有同情心，大伙恰恰觉得李逵这个人就是好笑的，他们笑得真实，不虚伪，是直率地活着。他们不讲孔夫子的标准，孔夫子的标准是只要娘死了就要哭，就要同情他，安慰他，就要他节哀。他们觉得在李逵面前不需要这个东西，这个是虚伪的。中国其实还有这样一个阶层的人，这种人在中国当下大量存在，可没有人去写他们，没有人去写这种看起来卑琐、渺小的生活。

这种人身上也有一种不甘心、不屈服的力量，一种不愿意苟活下去的力量，把这种力量写出来，这是普玄小说独有的追求。但他做得还不够。对这种人，不是简单地同情，简单地哀其不幸，不要觉得他们特别值得悲悯，有时，人物本身不觉得这些东西值得悲悯。比如普玄写《晒太阳的灰鼠》里的父亲，按理说到那个年纪了，儿子长大了，你养你的老，小孩的事情你不要管了，小孩的事情让小孩自己定夺，但普玄笔下的父亲就要管，不愿过你规定的养老的生活。他对儿子说，我必须抱孙子，你不给我生一个孙子不行，而且他为了这个价值观，态度是坚决的，不妥协的，持续不断的，这就是一股力量。他觉得我不能像你们认为的那样活着，我要活出我自己的价值观。

这里面有一种不屈服的精神。这种人不好说他们可怜，值得同情。读普玄的小说，你不会觉得他们有多悲伤，他们有自己的一套活法，重要的是人物要把自己活出来，把个性、精神、原始的力给活出来——这是特别能让一个人站立起来的力量。

中国当代文学里，匍匐在地上的人生太多，能站立起来的人生太少；在混乱破败中无声死去的人太多了，只有很少的人，死去之前要喊一嗓子，要让人家知道：我曾经活过，留下过痕迹，我曾按我自己所认定的那样活着。普玄写了这样的少数人，这是他写作中特别闪光的部分。

普玄在写这个群体的同时，试图把这个群体本身的价值观建立起来，写出民间的这类人身上的力，写出他们的情义和梦想。说到底，他们不过就是要像一个人那样活着，也要像一个人那样死去，把这个东西写出来，写好了，这就是普玄不同于别人之处。我期待他往这个方向努力。

朱山坡这代人的复杂记忆

朱山坡的中短篇小说读过不少，印象很深。这次读完他的长篇小说《风暴预警期》（上海文艺出版社二〇一六年版）后，有很多感慨。"七〇后"这代作家，相对来说是比较容易被忽略的。就代际而言，他们出道很早，但迟迟没有成为文坛的主角，这里面的原因很复杂。他们当中，不少是围绕着自己的乡村记忆来写的，朱山坡是其中的代表之一。

朱山坡的作品，厚积薄发，有自己鲜明的风格。他一方面对当下社会的躁动与变化充满警觉，另一方面又承传了先锋作家叙事探索的遗风，作品风格不乏先锋文学的元素。他对乡村记忆、成长记忆的处理，令我想起苏童，他们的作品中都有一种潮湿、阴郁的叙事氛围，并且充满青春期的各种情绪。苏童的小说，构筑起了自己的南方叙事，而朱山坡也在自己的作品中写下了那个即将要消失、不太容易被人记住的南方，与苏童的小说一脉相承。

南方是一个地理概念，也是一个精神概念。具体而言，朱山坡写的南方是大岭南，他写出了岭南生活的质感。朱山坡书写的地方跟广东交界，当地人的生活境况非常独特。他的小说写出了他与这块土地之间的关系。他既热爱这片土地，又和这片土地之间充满紧张的关系，他有一种要逃离的冲动，也存着审视这片土地的复杂心理。当他扎根于这个地方开始写作的时候，作为作家的朱山坡便开始走向成熟。我相信，朱山坡的名字始终会与这片土地联系在一起。

《风暴预警期》写了这片土地上台风要来而没来的特殊时刻，事件的时间跨度不长，但朱山坡赋予了小说很丰富的历史和现实内涵。历史和现实，记忆和想象，杂糅在一起，面貌很独特。而我印象最深的是，朱山坡在这部小说中，真正具有了自己的叙事口气和叙事腔调。口气和腔调，就是写作风格，而且是最重要的风格，它不仅是一种语言特色，更是一种叙事角度和叙事精神。

《风暴预警期》那种忧郁、潮湿、温润、复杂的气息，既是一种地方性的气味，也是一种语言个性，风格强烈。朱山坡小说中的很多段落读起来都非常生动，语言的节奏感也好。他的叙事方式，几乎不受当下那些商业化写作的影响，你可以说他的写作是一种迟到的写作，有着太多二十世纪八九十年代的痕迹，但从这里你也可以看到朱山坡的坚持。

现在很多小说都拼命在讲故事，情节的密度很大，缺少舒缓的、旁逸斜出的东西——这种多余的笔墨，对于小说艺术而言，其实是很重要的，但为了屈服于读者的口味，很多作家都把多余的笔墨删除了。但朱山坡的叙事，常常是停得下来的，有闲笔，也有叙事的节奏感，这就使得他的小说具有了很强的艺术性。这是朱山坡的小说给我留下的第一个印象。

读完《风暴预警期》，朱山坡的写作给我留下的第二个印象，是他有自己理解人物和观察生活的角度。这个角度的选取往往很刁，但也很有意味。他选的角度，不是简单地对现实的摹写，而是对现实做一些扭曲、变形，甚至放大。经过扭曲、变形、放大之后的生活，被拉长了，感觉也丰盈了，这样就能让我们看到生活下面那些细微的东西，包括人性皱褶中不易被人觉察的一面，都被照亮了。

看一个作家有没有现代感，一是看他对叙事节奏的控制，另一个就是看他能否找到和现实既贴切又有差异的角度——太像现实了，难免老套；太过夸张，甚至用力过猛，可能又会失去叙事的说服力。我们都不难找到这两方面失败的例证。朱山坡的度把握得很好，他不愿意轻易承认现实那坚硬的逻辑，但他也没有扭断现实的逻辑，而是在这种逻辑上做扭曲、变形和夸张的叙事处理，他的小说就像放大镜，把一些东西放大了，看到的还是那些东西，但已稍感变形。一些看起来很重要的场景，朱山坡有意略写，一些看起来琐细的事，他却有意放大。

《风暴预警期》中就有很多这样的处理方式。比如，小莫听电影这个情节，花了很多篇幅，写他没钱买票进电影院，只能在外面"听"电影；电影院守门的卢大耳不让他"听"电影，让他用棉花塞住耳朵，但小莫总是想方设法继续"听"电影，最后，他听出了境界，他的眼前也有了自己的电影世界。这个细节被放大之后，非常有意思，它让我们更深地理解了小莫的内心。电影是小莫的梦，也是他的精神寄托，他身上的所有怪异举动，以及各种冲动，都和电影有关。小莫是一个很有性格的人物。因为朱山坡总能找到观察人物的独特角度，所以他笔下的人物都很有特点，不单调，也不雷同。

《风暴预警期》中，无论是"我"，还是其他几个兄弟，身上都有一点特殊、奇怪的癖好，也有一些特殊的坚持，内心总有一股很拧的、难以摧毁的力量在推动着他们，这种力量感，其实就是通过合理夸张、变形之后，把人的一些隐秘特征凸显出来的结果。《风暴预警期》写的五个兄妹，其实是五个来历不明的弃婴，是荣耀把这些被抛弃的生命抚养成人，但荣耀一直没有享受到一个养父的尊严和幸福。直到最后，通过一场葬礼，我们才体会到，小人物也有小人物的光辉，有小人物的坚韧，他们身上也有着一种不可思议的生命力。正因为朱山坡在荣耀身上建立起了一个如此特别的认识角度，他才能在荣耀身上寄寓一部小说该寄寓的精神想象。

朱山坡的写作给我留下的第三个印象，是他写出了人性中幽暗的部分。每个人身上都有一些黑暗的点，都有幽深的一面，揭示和敞开人性的暗角，是小说存在的重要理由。触及这个层面的小说，才有深度。我注意到，朱山坡笔下的人物，都有很强的命运感。一方面，这些人物被命运卷着走；另一方面，这些人物又总是表现出对命运的不服、斗争、抗辩，甚至对命运本身还有一种奇特的想象。像《风暴预警期》中的荣润季，想象自己的母亲一定是一个体面、漂亮的女人，找到她，自己就会过上高雅的生活，这就是荣润季对命运的特殊想象，很绚丽，也很悲伤。这样的想象，经常使人物命运从人性的边界溢出去，朝向另一个方向发展。

朱山坡从不掩饰人物那些黑暗面，甚至还有意将它们释放出来，目的是为了在黑暗的书写中，发现生活和人性的各种可能性。但他笔下的人物又不是生存的屈服者，哪怕是最卑微的人物，身上也洋溢着不愿意被命运卷着走的意志。荣耀和他的战友赵中国的关系就很典型，这两个人物身上贯穿着作者对历史的思考。

放在大的历史视野里看，从历史走来的每一个人都有怨恨，都有不平，人与人、人与土地、人和历史之间，可谓积怨太深。如何才能实现和人、和土地、和历史的和解？唯有死亡。这也是朱山坡对生存、命运的思考：是死亡和解了所有的怨恨。而在死亡面前，会激发出人性的另一面，就像朱山坡在小说中说的，风暴可以唤醒良知。所以，借由荣耀的死，人与人之间实现了这样的和解，同时也让每个人获得了一个审视自己的机会。

《风暴预警期》是一个地方的精密叙事，也是一代人的复杂记忆；是历史对现实的拯救，也是现实对苦难的体恤。朱山坡写的都是小人物，但这些小人物对历史积怨的宽恕，使他们获得了小人物特有的尊严和光辉，这样的写作，展现出了"七〇后"作家的另一种思想风采，也使《风暴预警期》成了"七〇后"作家群的一部迟到的力作。

李修文的爱和义

　　很早就认识李修文。那时我们都年轻啊，虽见面不多，但同属"七〇后"，自然就常有交集处；文字上，感觉也是心意相通的。他的长篇小说《滴泪痣》和《捆绑上天堂》出版时，我还在报社兼做读书版编辑，小说里那种纯粹、深情、痛楚、绝望、爱恨交加的气质打动了我，我便在版面上做了大力推介，心想，我们这代作家中，这一脉的写作是极少的，我渴望看见在爱与情义中开出更绚丽的文学之花。

　　之后却一直读不到李修文的新作，我猜测他遇到了写作上的困顿，或者正在酝酿大的写作计划。后来又知道他介入影视，开始也是各种不顺。还是偶尔会见面，但并不直接问及写作，仿佛这是一个隐私。心里却从来没有担心过，因为在我看来，一个有才华的人，终归会找到显露才华的通道。沉寂算什么，挫败算什么，在才华面前，这些都是写作资源。

好的作家，不仅是在写作，更是在生活、在经历、在体验。

德国作家马丁·瓦尔泽在《逃之夭夭》中说："一个专事攀登四千米以上高峰的登山者，跟生活在平原上的人在一起是什么感受？通过一次次的攀缘，他的肌肉感觉与从不爬山的人截然不同。人的心灵也有肌肉。练就心灵的肌肉，失败是最佳的训练方法。"并不能说李修文是失败的，但他的内心确实有失败感，正如有些作家并无多少苦难经历，但仍然深具苦难意识。多年之后，读到李修文的《山河袈裟》和《致江东父老》，我并不意外，一个作家所读过的书，所经历的人与事，所喟叹和希冀的，都在他的文字里留下印痕，这才是我心目中理想的写作，所谓有"我"的写作。

但这个"我"，又不是简单的个人的窃窃私语，或者一种私人经验的放大，而是通过"我"的观察与理解，呈现出一个更广大的人生与世界，进而创造一个新"我"。任何一种经验都可能是极佳的写作资源，但任何一种经验也可能会困住一个作家。多少人津津乐道于一种记忆和现实，不知不觉就沦陷其中，最终被这种记忆和现实所劫持；只相信一种价值的写作，就意味着交出自己的灵魂。

而灵魂的自由才是写作的命脉。从这个意义上说，写作是救命——以为只有一种命运，其实还有无穷的命运可能性；以为这就是灵魂的样子，其实写作可以不断创造出新的灵魂。好的写作是重新为自我立心、立命，是认识一个"我"，更是"吾丧我"，不仅是从小我到大我，更是从小世界走向"山河"及"江东父老"这个大世界。

李修文的这种写作自觉，于他个人而言，借用美国最重要的政治哲学家之一沃格林的用词，是一种"存在的跳跃"。这种从"我"到"吾丧我"的存在的跳跃，敞开了一种新的精神世界的建构方式。方东美在解释庄子的"吾丧我"时说："要把真正的自由精神，变做广大性的平等，普遍的精神平等。"平等从哪里来，无非是尊重、理解和热爱。尊重软弱的，也尊重强大的；尊重你所爱的，也尊重你所恨的；尊重义人，也尊重罪人；尊重笑声、眼泪、困苦、挣扎；尊重庸俗的欲望、渺小的梦想；尊重日子。

这就是平等心。不轻易认同某一种人或某一种价值，而是通过尊重，去理解那些凡俗、卑微的人生，去理解那些混杂着光明与黑暗、美好与污浊的闪念，那些角落里的面容、旅途中的过客、梦里出现的亲人，那些从阅读中站立起来的雄浑的人生，以及人生中所有易逝或永恒的瞬间。这好像就是李修文所呈现的文学世界，一端是在日常生活的苦闷、虚无、困顿中的"所见"，另一端则是超越庸常人生，关于崇高、美与救赎的"所信"——他在"所见"与"所信"之间写作，追求真正属于他个人的、"能够被生活和美学双重验证"的文学。

通过尊重而去理解和热爱。对普通人命运的共情担当、对个体生命的怜惜和尊敬，它的源头正是爱。写作就是不顾一切地去爱。"吾丧我"就是一种大爱，万物皆备于我，众人都是亲人，太阳照好人也照坏人，老天下雨给善人也下雨给罪人，这是更高的慈悲，也是一种写作的大气魄。

站在这个地方去爱、去写作，修辞如何变化、写作是否重构了自己对"文"的理解，都显得不那么重要了，更重要的是，今日的李修文已经走通了一条更为宽阔的写作之路，一条有尊重、理解、情义和爱的道路。

辑三

所读

读《青年作家》，谈短篇小说

一、短篇小说有它独有的艺术难度

作家们越来越重视短篇小说了。长篇小说固然凝聚了作家更多的智慧和心力，但短篇小说也同样能照见作家的才华与匠心。散文界，能写好长文章的人不少，但能写好几百字短文的人却不多；小说界，每年引发热议的长篇小说不少，但值得回味的短篇小说却不多。英国小说家普里切特偏爱短篇小说，他认为短篇小说的核心是细节，而非情节。以细节来推动叙事，这是完全不同于以情节为主体的文本，建构起来的也必然是不同的写作自我。

写作短篇小说，有它自身独有的艺术难度。它固然是对现实的精微观察和雕刻，但同时又必须有取舍，有想象、有诗意和飞翔的感觉，才能显得短而有味、意犹未尽。短篇小说要有好的故事横切面，着力点却不在故事本身，它留心的是生活中那些微小的经验，那些平凡甚至卑微视角下的人性瞬间。是否有这样的决定性瞬间，往往是判断一部短篇小说是否成功的关键。

没有艺术形式上新的考量，没有对人性又狠又准的切入，短篇小说就会毫无光彩。

《青年作家》二〇二〇年第一期上，王春林的《当下短篇小说在"以实写虚"方面的得失》一文，强调小说既要及物，根植于形而下的现实生活中，也要有一种神秘的想象力，重视形而上的、非理性的、感觉的世界。比如吕新的《某年春夏》，就扎根于北方乡村，对乡土伦理有着浓墨重彩的描写，但作者真正的用心，却并不在此，而在从生死之间写出生命存在的神秘性。又如弋舟的《随园》，充满对生命戏仿性的敏锐发现，对生命虚无、空洞的真相的洞穿，对历史隐痛的反省与谛视，对诗性、浪漫的"当年"的反复追思，和人在时代变迁中巨大的不安。赵挺的《上海动物园》，则以一种反讽的口吻，透视了当下青年人百无聊赖的生存状态，表现了价值缺失、理想沦亡之后，人类空虚的、可悲而又可笑的日常。

通过几部作品的分析，大致可以感受到中国当代短篇小说写作的现状与得失。

另一文是王十月的《一花一世界》，他给出了短篇小说的十六个关键词：少说、藏富、变常、方法、天真、文体、人物、为时、情感、标尺、色彩、音乐、主题、立场、风格、混沌，本质上是要求一种天真的、有情的、塑造人的、与时代相连而非自我标榜为"纯文学"并高高在上的写作。为了达到这样一种书写，作者要对自己的文体、主题、立场、风格，对自己为了何种价值而写作，有自觉的认知与把握，用一种简洁的、不炫耀的方式，去言说世间的变与不变，去度量自己的、他人的写作，去找到自己的色彩与节奏。唯其如此，才能还原这个世界的混沌与清明，而不是用单一的价值将现实肢解得支离破碎。

确实，短篇小说是故事的一个断面，但并不是说它可以甘于狭窄和零碎，短的篇幅里，同样可以隐含一个完整的世界，表达广大的人生，探究人的生存现状及其局限性，以及人如何才能超越局限，活出意义和光辉。把写作短篇小说作为提升小说艺术的一个入口，把写作这一手艺活练好了，通过写作所进行的精神攀缘才是有效的、有力的。

二、短篇小说应状写精神世界的决定性瞬间

短篇小说是作家内心的一个通孔，也是人类生活的一个横

断面。好的短篇小说，既有优秀文学作品的共性：永远向艺术、人性和精神的难度发起挑战，永远进行叙事的革命、语言的冒险，去寻找微小、无声或被公众话语遮蔽的经验，不只给读者平畅的阅读快感，也制造艰涩的迟滞、无解的悬念；它又有由体裁和篇幅决定的个性：相较长篇小说，短篇小说对语言的平庸、细节的失误容忍度更低，而断面选取的时机、呈现的角度，也对作家的敏感和技术，对作家把握生活中稍纵即逝的灵光的能力，提出了更高的要求。

如何写好一部短篇小说？怎样才算一个好的短篇小说？《青年作家》二〇二〇年第三期上，李浩和冯祉艾从不同的侧面做出了自己的回答。

李浩的《审美光芒、认知力量和写作的智慧——短篇小说札记》一文认为，艺术性是短篇小说的前提，也是最重要的标准之一；认知力量是能够开启、提升我们对人生的审视之心的力量，亦属评判小说的重要标准；智慧是一种对具体的现世的超越，往往在小说中隐而未现，却能使读者在反复阅读中不断发现小说的宽阔与美妙。短篇小说，常常以细节为核心，去铺陈整体的高潮与低谷，通过提供一种深度、一种角度、一种可能，带来新变，也进一步拓展我们的审美空间。李浩提议，作家应"重返短篇小说之短"，在主题上"集中力量"，在内涵上"只攻一点"，在有限的篇幅里将一个话题言说得既深入骨髓，又意犹未尽。小说最需要的不是强调时代，而是超越时代，锤炼自身那种玄妙的、难以被时间磨损的气质，而非寄生于某些社会学、哲学、心理学知识。在小说的"无用之用"被过分强调，其价值滑向怠懒和轻浮的今天，我们应当继续重视小说的启蒙与疗救意义，以成熟的技艺去接近、追求某种"天衣无缝"的效果。

冯祉艾的《一本好的小说就像一棵树——卡夫卡小说读札》一文，则从卡夫卡的《一条狗的研究》《梦》《乡村婚礼的筹备》等作品入手，去探查卡夫卡的细腻与绝望、荒诞与真实。冯祉艾认为，"短篇小说的魅力之处就在于它用足够有力量的情绪来消减读者对故事发生的期待"。而《一条狗的研究》，正是用小说中无所不在的恐惧、绝望、怀疑与脆弱，让读者在陌生的世界中寻回令人惊惧的真实感觉，进而使自身的困惑得到澄明。《梦》则借由人在死亡面前的悲悯与无助、超脱与挣扎，感受卡夫卡对自由"无声的呐喊"；同样，《乡村婚礼的筹备》向我们打开了拉班疲惫而窘迫、温和而绝望的精神世界，记录了卡夫卡在尝试从世俗生活中汲取慰藉时痛苦的一无所获。在卡夫卡的笔下，存在是一种无能，无能带来了绝望，但也正是绝望，赋予他巨大而钝重的力量——在我们当下的生活与写作中，卡夫卡式的悖论，或许仍在发生。

通过写作，卡夫卡把自己变成了一个时代的苦难的精神标本，也使无数后来者对自己的心灵有了更清澈的洞见，在肤浅比深刻更容易赢得尊重的今天，我们需要更多的作家，来认领卡夫卡承担过的精神重负，为读者、为生活，在黑暗中划开一条光明的细缝。短篇小说作为作家追索世界的细小回响，它表现艺术的精微和敏锐，也状写精神世界的决定性瞬间，它简洁、独特、迷人的光彩，一直是小说艺术史上最令人难忘的段落。

三、等待灵光乍现的"恩典时刻"

在一个信息碎片化、爆炸化、瞬间化的时代，每个人都有话想说，可是，究竟应该怎样说话？什么样的语言，才能在破碎的世界里重建一个相对完整的价值体系，让被消费的文学重获一种醒悟人心、穿透灵魂的力量？什么样的写作，能够更好地呈现出生活的复杂性、丰富性和可能性，并守住文学本身的艺术边界，而不是在一种精神的屈服性中被资本或欲望所奴役？

《青年作家》二〇二〇年第五期上文珍和张莉的文章，或许能够带来一些新的思考。

文珍的《匕首命中秘密的心脏——谈短篇小说的文法》，重申短篇写作所要求的准确性，强调作者在有限的篇幅内必须充分调动智力、技巧和"对事物的分寸感以及何为妥帖的感觉"，在对世界的不断发现、对经验的不断淘洗中，等待灵光乍现的"恩典时刻"。文珍指出，尽管得益于出版社的努力、创意写作学专业的兴起，大众阅读趣味日渐改变，短篇小说获得了更多生长的空间，但何为好的短篇小说，仍然众说纷纭。对此，文珍并未给出一个固定的准则，而是回忆了莫泊桑的浓郁凝实、海明威的暗流涌动、欧·亨利的高潮迭起与高尔斯华绥的氤氲撩人，以及契诃夫真诚的忧伤、马克·吐温辛辣的幽默、卡夫卡晦暗的迷雾……凡此种种，都是进入小说的各种可能路径，读者尽可自由选取。文珍将好的短篇小说比作短跑，需要十年磨一剑的蓄力、瞬时的爆发与反复修葺的耐心。确实，只有足够的积累，感觉的潮水才能溃堤，有了足够的智慧与体谅，写作才能打破欲望与物质的幻象，触摸到更细小的真实、更隐秘的精神难题。

张莉的《爱情九种——关于短篇小说写作的随想》，则以古代男女爱情生发之"难"作引，讨论今天爱情主题的短篇何以荒芜，又该向何处发力。爱情可以在世俗规范、传统伦理的冒犯中愈加凸显，如同冯骥才的《高女人和她的矮丈夫》；也常在灵与肉的选择中徘徊不已，如丁玲的《莎菲女士的日记》、宗璞的《红豆》；亦往往与物质的欲望纠缠不清，从鲁迅的《伤逝》到魏微的《化妆》、毕飞宇的《相爱的日子》，相似的困境一再上演。爱情可能短暂，缘于吊桥效应带来的一场幻觉，像张爱玲的《封锁》；也可能漫长，从生到死，仍然如植物般蓬勃生长，像迟子建的《亲亲土豆》。而中国式的爱情，每每微妙而含蓄，苦味与甜味都是轻淡的，就如刘庆邦的《鞋》与铁凝的《火锅子》。张莉说："爱是令人怀想的风月无边，也是如梦如电的虚无与寂寥。"也许现实过于坚硬，感情难于生长且容易凋零，但我们不得不谈论爱情——谈论爱情，也是在谈论每一个具体的人在世界中的处境，是在确认那些值得信任的价值和希望。

文珍和张莉的探讨，其实都说出了感情的重要。如果一个作家缺乏深刻的愤怒和敏锐的同情，那他的写作就很容易为工具理性所劫持，缺失那种足以看清罪恶、唤醒美善的忠直力量。在此之外，他还要有对叙事探索的不懈热情，对艺术语言的不断打磨，对个体命运的持续关注，对内心世界、生存困惑的执着追问，唯其如此，写作才能根植现实而超越现实，并在学习经典的同时也创造出自己的艺术世界，进而为写作加冕。

四、小说的可能性深藏于艺术逻辑之中

之前谈短篇小说的写作，多强调它的个性，强调生活经验的提纯、艺术角度的选择，以及如何切割好故事的横断面。这

次主要谈短篇小说写作的公共性。短篇小说因为字数有限，写作者很容易只将它视为一种文体实验，一个有意味的断片，或者当成写作长篇小说的一种缓冲和铺垫，而缺乏从中锤炼出一种"灵魂的深"的耐心。其实，写好一个短篇小说的要领，跟写作长篇小说是一样的：要为那些暧昧、无解、不确定的可能性而写作，讲述多重价值在其中的纠缠、交锋和新变。它既关注人性与日常，也可展开对神性世界、超验世界的想象，进而从一个小的角度观照人类的某种命运。

《青年作家》二〇二〇年第七期王威廉的《迷途之中，岂敢有捷径——短篇小说艺术散论》一文，视短篇小说为生活世界与诗性世界的平衡交会，认为写好短篇小说的关键词，是控制力、爆破点和"随心造物"。好的作者应该在虚无的想象空间中把控自己，集中一点让独特的诗学和思想视野爆破，同时懂得如何用自己的生命气息去浸染物质符号，使其发出奇异的艺术光泽。写作的过程，归根结底是寻找自己的精神主体，并不断使之变得润泽和高贵的过程。在密集的网络、便捷的人工智能日益把人的经验变得公共化、同质化、平板化的今天，作家尤其需要慎重地拷问自己和世界的关系，寻找一种新的、无法被复制的、能黏合现实与想象的言说方式。而这种方式，不仅要符合现实的逻辑，还要符合艺术的逻辑、意义的逻辑，也就是说，能让小说变得更美，更具文化的回响、意义的余韵。

在此基础上，短篇小说和其他文体一样，也需回应时代给予的挑战：如何触及一个时代的新变化、新内核，如何在有限的篇幅内写出无限的可能性？这是一个作家要反复感受、持续回答的问题。

张定浩的《小说与事件》，反对小说中过于粗鲁和独断的叙事者的存在，作家也不该把生活简化成苦难，而是要在更加宽阔、复杂的感受中，捕捉日常琐细中那些值得追索的事物，在拟像横行的信息世界里重构一个生机勃发的艺术世界。他认为，当下短篇小说所谓的"问题意识"，只是在安全区徒劳无益的自问自答，真正具有原创性、起源性的短篇小说，是一个事件的生长，这种生长是美妙的，是一次性、不可逆的。在这样的短篇小说里，人不是故事的奴隶，而是和故事相互依赖、相互渗透，作者、小说和读者，得以从固有的角色束缚中解脱出来，用更开阔的视野解读、领会生活。张定浩说："将短篇小说视为一次事件，有助于小说家从那些蜂拥而来的、困扰他的现实信息中摆脱出来，因为重要的不再是现实发生了什么超出他想象的事情，而是去思考对他而言（进而对某个人物而言）发生了什么。"

王威廉和张定浩的文字，都谈到了小说的迷人之处，正是它可以呈现出生活的无限变化、无限可能。而这种可能，深藏于艺术逻辑和作家的灵魂之中——通过艺术想象，作家激动着自己不安的灵魂，并在艰难的精神跋涉中开掘人性的幽微、心灵的奇观。有梦想，有秘密，有可能性，有精神奇迹，有价值的想象力，这样的小说，才堪称是诗性的、艺术的、有难度的，也才足以成为一份关于人类怎样存在、怎样超越的个人省思。

五、让小说的美与真实更自由地流动

当代短篇小说写作所面临的一个巨大困难，就是读者日渐失去阅读耐心，且阅读的趣味越来越受各种商业风潮的影响。由于出版语境的变化，以及影视剧改编等要求，原本合乎短篇小说的灵感，往往会被作家扩展为长篇小说；本来应该在内心疑难上持续勘探的素材，很可能被写成熟练的情欲写真、庸常的好看故事。写作的难度一再被降低，首先被放弃的很可能就是短篇小说，因为它在艺术上要求精粹，但它的读者却不多，且在市场上所能获得的回报也非常有限。

在这种语境下，《青年作家》二〇二〇年第九期董夏青青和刘小波对短篇小说的写作难度、艺术追求的重申，显得尤为必要。

董夏青青的《短篇小说，脱序的奇袭》，强调了短篇小说不同于长篇小说，认为短篇小说断裂的感觉、天然失序的特征，使它相较具有智性色彩的长篇小说，更能在经过现代性祛魅的生活中重新唤起"魅"的存在。短篇小说意在通往偏僻的岔路，长篇小说是要在浓雾中抵达铁轨的终点，二者各有其体，不可力强而致，更不可将"天生的"短篇硬是扩张为一部长篇。董夏青青说："作为生理与心理俱是脆弱的人类，我们需要短篇小说中的'偶发'性，来训练我们对真实生活中'无常'的接纳。"短篇小说的这种可能，是它极为重要的品质，但是，我们有时也会看到作者安然于"日常"的精神面貌，在过于喧哗和不确定的当下，一种能够陪伴读者接纳人生"有常"的写作，同样值得敬重。

刘小波的《短篇小说的书写现状及其面临的危机》，着眼于当下短篇小说的生存处境，重申长篇小说的膨胀对短篇小说质与量的挤压，认为短篇小说较强的思想性与问题意识，它对读者有更高的要求，无形中促成了长篇小说的热门、短篇小说的沉寂。刘小波指出，短篇小说尤应注意对细节的挑选与雕塑，对结构的创新和平衡，讲究节制与一气呵成的感觉，同时，也不能自限于短篇小说体量之"小"，而不在其中凝结深邃的主题、浩大的能量。某种程度上，短篇小说的珍贵，在于它既能提出残酷的问题，也能留存生活温度、贮藏世俗况味的纯粹与自由。刘小波还认为，当代青年作家的笔下，尽管泉涌出不少短篇小说佳构，但亦存在过度沉迷痛苦书写、叙事野心与叙述能力不匹配、文本物质细节缺失、小说主题重复等症候；短篇小说的未来，应当在于文体意识的鲜明，诗意想象的发扬，写作尊严的重建。不过，某些"湿漉漉，黏糊糊的，阴雨密布，终日不见阳光"的小说，也有存在的必要，作为一种有痛感的人生记忆，它们同样承载着生命的呓语、经验的真实。

作为一种极具艺术匠心的文体，短篇小说的各种特征，值得反复讨论。但同时不能忘记，所有对特征和限制的遵守或冒犯，最终都是为了超越，为了让小说的美与真实更自由地流动。如果更多的短篇小说写作者，都能创造出自己的美学原则，都能以自己的方式倾听现实细小的声音、内心潜藏的风暴，都能大胆想象一个生动的灵魂世界，短篇小说的面貌就会更加灿烂。因为一个好作家面向生活一刀砍下去，然后艺术性地写下其中有意味的断面，这些人类精神独特的瞬间，常常是我们最难忘的阅读记忆。

六、融会生存的"轻"与"重"

"当世界进入世俗化的、去魅的时代，一个人的职业生涯也可能被赋予神圣的意义。"韦伯在《新教伦理与资本主义精神》里的这话，正在不断地被现代生活所验证。神圣不在彼岸、天上，神圣就在此时、此地；专注于什么，什么就可能被神圣化。写作也是如此，它似乎不再必然地关注超越、形而上、神圣的话题，只要你认真而持续地写着，写作的职业本身就会被赋予神圣的意义。这种状况，也容易导致想象力的贫乏。一切围绕职业、现实、此时的描述被无限夸大之后，写作正在失去超拔、向上的精神想象力；当一个作家被一种职业本身的神圣感所笼罩，他的想象力很可能是匍匐在地的。如何重新唤起生命里的神秘冲动、超越之思，是当下的作家要面临的精神难题；如何摆脱技术主义、流行思想的劫持，也是当代短篇小说写作亟待解决的困局。

《青年作家》二〇二〇年第十一期弋舟与项静关于短篇小说的论述，或可为短篇小说怎样融会生存的"轻"与"重"，怎样发现并尊重人的灵魂问题，带来不少启发。

弋舟的《为短篇小说称重》，重申了写作的神秘性、不可言说性。文章从剖析短篇小说的难度谈起，对某种意味上接近于"无用"的短篇小说，以好玩之心，用地磅、天平与杆秤三种不同的量具，对沉重的、轻微的与介于轻重之间的这三种不同力度的短篇小说作出了量度。被弋舟归结为以"重"反击世俗对短篇小说"轻、虚"属性之偏见的短篇小说集，有巴别尔的《红色骑兵军》与安妮·普鲁的《近距离：怀俄明故事》，前者是沉重的战争题材与"具有音乐性的语言风格"的结合，后者则以狂暴无常的自然为底色，"将流水账一般的残酷人生罗列出重若千钧的气派"。博尔赫斯、卡尔维诺的短篇小说，则在弋舟眼中幻变出"轻"的光泽，他赞颂前者如黄金般贵重，后者似毒药般酷烈，但也强调了二人的不可复制性，提醒后来者切忌只模仿大师轻盈的炫技，却忽视锤炼真正使短篇小说变得玄妙而富于艺术性的精神内核。而塞林格、奥康纳的短篇作品，被弋舟归于"不轻不重"的范畴，前者的伤感与孤僻、后者的怪诞与离奇，使他们的小说在出世与入世之间平衡出微妙的风味。弋舟认为，真正伟大的短篇小说与灵魂等重。的确，伟大的写作应尊重人的灵魂的复杂性，不只囿于经验的肉身。

　　项静的《离奇之音与短篇小说》，赞美了短篇小说的浓缩性与停顿感，认为短篇小说并非是碎片，而是"在有限的事里蕴藏无限的意味"，借一点离奇之音在小说与现实间打开一条缝隙，在适当的距离内凝视当代中国的社会阵痛与尚处于朦胧期的问题。由此，项静展开了对几篇以"离开"为主题的小说的讨论：霍桑《威克菲尔德》中丈夫的离家，既是对日常秩序的一种逃离，又逐渐演变成一种新的既定秩序，而他二十年后的终于归家，则多少体现了霍桑"还没有斩断跟现实生活的关系"的心态。略萨《河的第三岸》可说是对《威克菲尔德》的重写，其中父亲叛逃陆地生活、后半生漂流在河上的选择，"我"对父亲的向往与恐惧，呈现出无逻辑的沉默力量。而乔伊斯的《伊芙琳》、奥拉西奥·基罗加的《合同工》与爱丽丝·门罗的《逃离》，似乎都流泻出这样一个声音：离开本身也是归来，人无往而不在现实之中，"我们在生活中和在梦中一样孤独"。项静认为，卡尔维诺的《树上的男爵》是一部有着短篇小说灵魂的长篇小说，它为《威克菲尔德》与《河的第三岸》补充了小说的物质性，对短篇小说的空白与离奇做出了热情的演进。

弋舟与项静的讨论，多以博尔赫斯、卡尔维诺、塞林格、乔伊斯等熟悉的作家为例，这也可从某种程度上见出，当代中国短篇小说的写作与审美，仍然多以西方文学为参照。其实，许多中国作家近年也在面临一种本土化的焦虑，这种焦虑深藏着作家对自身写作个性的追寻，它同样值得讨论。另外，阎连科的一个说法也很有意思，他说："我们说的是鲁迅、托尔斯泰、卡夫卡、陀思妥耶夫斯基，但我们写的是村上春树，是卡佛，是弗兰森。我们说的是另外一些伟大的人，但我们写的是另外一条河流另外一种文学，这是我们文学今天的一个特殊的情况。"把这些观点并置在一起看时，或许能更加明了当代短篇小说写作的困局和方向。

重新想象人的生命世界

刘庆是一个独特的作家。我和他认识很早，那时我们都在做报纸。做过报纸的人都知道，这工作不仅是忙，还极其消耗人的写作意志，因为报纸是看过就扔的，容易给人一种再好的文字都会稍纵即逝的感觉。所以，很多写作的人做报纸做久了，就都不写了。刘庆内心估计也有这种焦虑。这二十年来，除了《风过白榆》《长势喜人》等几个长篇小说，我几乎没见到他的其他文字。我想，他有自己的写作节奏。他成不了文坛的焦点，但也很难叫人忽略他。

《唇典》（作家出版社二〇一七年版）的发表和出版，再次证明刘庆的写作能力还很旺盛。超过五十万字的篇幅，写一个别人不太会注意的题材，历史和现实、民间与神堂相交织的故事里，蕴含着刘庆的写作雄心，也为东北这块热土重新划定了一个小小的精神坐标。

由此我想到当下长篇小说的写作状况：数量很大，但真正值得重视或再读的却不多。其中一个重要原因，就是很多作家过于迷信虚构了。小说固然是虚构的艺术，没有虚构和想象，写作就无从谈起。但写作也是一门学问，同样需要调查、研究、考证，需要对自己的写作对象进行专业意义上的勘探。

《唇典》就是一部作者做了很多案头工作、花了很多笨工夫的作品。小说涉及几方面的背景：一是关于萨满文化，以及各种民间神话和民间传说；二是关于百年中国史的各种历史细节，有战争的，如日俄战争、中日战争、国共内战，也有政治运动的，如土地革命、"大跃进"等；三是关于东北地方的生活和风俗，郎乌春和赵柳枝的婚姻和感情纠葛等。这些都是有据可查的历史和现实，若要写得丰盈、真实，必定要做专门的研究，而不能全靠虚构和想象。小说写道："萨满是世上第一个通晓神界、兽界、灵界、魂界的智者。"小说中的"我"，也就是满斗，是一个特异的人。"满斗是一个猫眼睛男孩。他会看到更多，别人的白天是他的白天，别人的黑夜对于他还是白天。"他可以看到别人看不到的东西，还可以进入别人的梦境。写这样一种萨满文化，这样一个通灵的人，一不小心就会变成玄学，但《唇典》让这些神奇的书写落实于具体的历史和生活之中，萨满就不再是小说的文化标签，而是内在成了小说的精神肌理。在李良萨满为柳枝驱魔、为溥仪皇帝登基作法这些情节中，不仅塑造了李良萨满这个形象，也成功地让我们了解了萨满文化对一种人群的重要影响。又比如写到抗日战争，这是《唇典》的核心叙事，小说里也有很多细部的描写，年代、部队、武器、各种战事、战争中的残酷景象，均可见出作者做了大量的案头工作。对东北的日常生活和风俗人情的描写，也是如此。白瓦镇的小火车、柴油发电机等物象的出现，一下就能将读者带入那种历史情境。"白瓦镇的第一班小火车吭吭哧哧地爬过东面雪带山一个山峁，然后进入库雅拉河谷……朝鲜人还有一个铁皮箱子，里面装着一个胖胖圆圆的炮弹一样的怪家伙，名字叫做柴油发电机。"这些既是历史性的物象，也以此来提示小说叙事的时间。

许多时候，小说的实感正是通过这些细节一点一点建立起来的。

我对《唇典》中的许多细节都印象深刻。比如，作者好几个地方都写到了狼："狼的舌头吐出来了，越来越长，越来越长，像一条展开的裹脚布，流淌馊臭的涎水。狼的舌根吐出来了，它的口腔开始变紫，最后的贪婪一点点发黑。"这样的描写是有质感、有想象力的。尽管我没有考证过狼的舌头究竟是怎样的，但作者从舌头的长度、味道、色调的变化等方面来写，一下就把狼写活了。"风吹脑门，像针扎进太阳穴，我双手抱住锐痛的脑袋，痛得更厉害了。针刺感好容易消失了，灌进头颅深处的凉风凝冻脑浆，冻成一个铁疙瘩。"冷也具象化了。《唇典》有很多具有表现力的细节，特别是大量关于东北日常生活的描写，生机勃勃。近一个世纪的历史演变，东北的生活变迁是很大的，早期的东北是如何的？那些器物、风俗，和现在比起来，肯定有了巨大的差异，如果没有案头工作，没有对具体物事的研究、考证，叙事上就会漏洞百出。而一部小说，作者花了多少心力去写，很多读者还是可以一眼看出来的。

《唇典》另外一个令我深思的特点是，作者对人与土地、人与历史的关系进行了新的思考。对于很多南方人来说，他所理解的东北，往往是总括性的，是一些粗疏的印象。读完《唇典》之后，你对活跃在这片土地上的生命会有不同的认识。刘庆在小说中写了许多场景，呈现的都是人物生命的本然状态，尤其是这些生命所表现出的义气、梦想、爱恨、生死，和这块土地对他们的滋养密切相关。洗马村，白瓦镇，库雅拉人，这些地方、这些人的生活情状里，有欲望，有苦痛，有蒙昧，有犹疑，他们在俗世卑微，在乱世挣扎。李良、乌春、满斗、王良、赵柳枝等人，一路走来，可谓都伤痕累累，他们的血肉之躯，承受着现实和历史的双重重负。他们是谁？他们生命的归宿在哪？刘庆或许无力回答这个问题，但他写出了生命野蛮生长的过程，让我们看到了在历史钳制、压抑之下，个体的困顿、迷茫、抗争和寂灭。

再伟大的历史都是由这些渺小的个人组成的，个体的心灵史，有时比大历史更能震撼人心。

而在这一个世纪的历史演进过程中，人与人、人与土地、人与历史之间，可以说是积怨太深。这部怨恨史，几乎写在了每个人的心里，每一寸的土地上。《唇典》写了这些矛盾和积怨，更重要的是，它还写了这些怨恨的消释和和解。与人世的算计、争斗、杀戮相比，小说里的土地、自然（包括作者着墨不少的树）是另一个维度，它平静，广袤，包容一切，它可以平息一切的愤怒，也可以消解一切的积怨。就像作者写道，在库雅拉人眼中，每一棵树都是有灵魂、有魂魄的，它可以听懂人的语言，也会发出好听的声音来抚慰人。当这些树被遗弃、被砍伐、被消灭，就意味着人的生命也在衰残和凋零。人的生命与树的生命是相通的。自然也是如此。山川、河流、草木、牲畜，在《唇典》里都是有灵性的，而且充满神秘感，置身其中，人的生命就有了无数灵魂的伴侣，不再孤独。人与自然的对话，也是人与历史的另一种写照。还有就是小说里贯穿始终的萨满文化，为每一个灵魂都提供援助。正如满斗所说："我的耳边回响着一个声音。那个声音告诉我，人世间一切举动都对应着神，旷野里，风神吹动你的头发，爱神感知你坠入了爱河，雾神沾湿你的双鬓，欢乐之神和喜鹊一起歌唱，同样，黑暗之神比悲剧更早降临，每有不幸发生，周围就刮起怜悯和忧伤的凉风。生活的困难也是神界引起的，只有借助善灵的帮助才能得以消除。而这个灵媒正是有着无限信仰的萨满。萨满的最高目标是以死者的名义说话，被某个祖先灵魂和舍文附身，为深切的信任和希望提出善意的回答。"

正是土地、自然和萨满文化的广阔和包容，为深重的历史积怨的和解创造了可能。这也是小说中最动人的部分之一。人本于尘土，又归于尘土，人的生与死，和草木、牲畜一样，都是生命的本然事件，在土地、自然和死亡面前，人都是平等的。所有的矛盾、冲突、怨恨，一旦死亡来临，全部都消失于无形。时间会抚平一切生命的褶皱。

而小说里大萨满对柳枝说的一段话，更为深刻：

我们每个人都是时光的弃儿，都受过伤害。我们每个人都是罪人，都伤害过别人。生命是祖先神和我们的父母共同创造的奇迹，祖先神在另一个世界做苦力，只为我们能来这个风雨雷电交织的世上。我们总感到身心俱疲，有时丧失活下去的勇气。库雅拉山顶的雪莲和万年石松上的蛛网也无法抚平心灵的创伤。但是，姑娘，你不要忘记，我们每个人都应该脖子戴上枷锁，免得唾液弄脏大地。我们每个人都应该在腰间系上草裙，免得影子污染河水。我们应该对一切抱有敬意，包括自己受到的伤害，和伤害我们的人。时间是这世上唯一的良药，岁月更叠是唯一的药方。可是，人们的心像鸡鹋米一样跳来跳去，不应该有的念头总是无端冒出，心被忧伤和混乱盖得严严实实。吹过的风告诉我，泉水是因为怜悯填平洼地，可再清澈的山泉也会让位给更新的泉水，自己不得不流向遥远的未知。泉水伤心的时候会呜咽，欢快的时候浪花洁白，泉水比我们更知道生命的答案。这个答案就是，流过了就流过了，每一刻都是过去，每一刻都是开始。你不必为河床的肮脏负责，因为，你没有选择。你能选择的只有承受和承担，承受你不想也会来的一切，承担你必须承担的责任。

这段话的用词也许过于文气了，未婚先孕的柳枝未必全部听懂，但她还是受感动而放弃了轻生的念头。大萨满的话，让她知道了生命的意义，知道了时间的力量。"我们每个人都是罪人，都伤害过别人"，" 时间是这世上唯一的良药"，"你能选择的只有承受和承担"，这些话，具有象征和启示意义，它的背后，蕴藏着巨大的和解力量——与历史和解，与他人和解，也与自己和解。在历史长河中，人是一个多么渺小的点，生命又是多么卑微，知道了这些，尤其知道了每个人都是罪人这个事实，悲悯就会油然而生。很多作家都想写出真正的悲悯意识，但他们也许从未想过，没有灵魂深处的和解，就不会有真正的悲悯产生。

　　由此我又想到了《唇典》的另一个特点，那就是它所打开的神性写作的空间。说到神性，总是令人想到宗教。事实上，文学写作中的神性，未必是指向宗教，它可以是一种精神，一种体验。《唇典》中的神性书写，没有沦于宗教说教，最重要的是，作者将神性当作日常性来写。神性一旦被指证为日常性之后，它就能为人性提供新的参照。只有人性的维度，往往写不好人性，因为人性不被更高的神性照亮的时候，人性是沦陷于生活细节之中的，它很难被庄严地审视。这也就是很多写日常生活的小说流于浮浅和简单的原因之一。

　　刘庆写灵性的自然，写灵魂树，写人与神、人与牲畜之间能对话、往来，正是基于神性也是人类生活的真实存在这一认识。有神性存的世界，很多人把它定义成神话世界，或者灵异世界，与之相关的作品，也多被说成是幻想性的，非现实的。这其实是对文学和人类历史的极大误解。事实上，中国几千年来的文明史，从来都是相信有灵魂、有天意、有神鬼、有灵异世界的，天、地、人、神、鬼并存的世界，才是中国文明的原貌。直到二十世纪提倡科学、相信技术以后，神、鬼、魂灵世界才从文明的辞典里被删除——但在民间，它们依然坚实地存在着。二十世纪以后，好像写作所面对的，只有一种现实，那就是看得见、想得到的日常现实，好像人就只能活在这种现实之中，也为这种现实所奴役。

一个作家如果也持这种认知，那他的精神世界就太简陋了。

中国自古以来就是承认有神鬼和魂灵的，无论是诗文还是日常生活，无论是庙堂还是民间，一直信仰一个有灵的世界。这是人对自身的伟大想象，也是人对未知世界的一种敬畏。而文学之所以如此丰富灿烂，也源于作家们创造了《逍遥游》《西游记》《聊斋志异》和太虚幻境。而"收泪长太息，何以负神灵"（曹植）、"神鬼闻如泣，鱼龙听似禅"（白居易）、"闻道神仙有才子，赤箫吹罢好相携"（李商隐）等诗句，谁又会觉得这是在写一种迷信？正是因为人生活在一个有灵的世界里，生命才高远，精神才超迈，人在天地间行走的时候，才能找到自己的准确位置。

当我们把这些瑰丽的想象都从文学中驱逐出去，作家成了单一的现实主义的信徒，他的写作只描写一个看得见的世界，并认为现世就是终极。这不仅是对文学的庸俗化理解，也是对人的生命的极度简化。

文学应该反抗这样的简化。要求文学只写现实，只写现实中的常理、常情，这不过是近一百年来的一种文学观念，在更漫长的文学史中，作家对人的书写、敞开、想象，远比现在要丰富、复杂得多。文学作为想象力的产物，理应还原人的生命世界里这些丰富的情状。不仅人性是现实的，许多时候，神性也是现实的。尤其是在中国的乡村，谁会觉得祭祀、敬天、奉神、畏鬼、与祖先的魂灵说话是非现实的？它是另一种现实，一种得以在想象世界里实现的精神现实。人与动物最大的区别，就在于人会有宗教崇拜的需要。宗教崇拜的核心要点：一是昭示出人是有限的，人活在时间的限制之中；二是表明人会思考未来，会为还没有到来的事情（比如死亡）感到恐惧，会追问人的灵魂死后去哪里。如果我们抽掉了这两点，人就不再是完整的人了，人也就与草木、牲畜无异了。

《唇典》重申了这个事实。它里面充满神性的书写，但这些神性并非纯想象的、超现实的，它就是日常性。萨满是神性的象征，但更多的是日常性。它作为一种幽灵般的存在，既是对作家想象力的解放，也为小说找到了一个观察世界、观察人的独异视角。像李良、满斗这些萨满贯穿于小说之中，既是亲历者，也是省思者、反抗者，这一个世纪关于现代和进步的神话，也因为有他们的存在而受到质疑，历史呈现出了不同的理解向度，小说也打开了另一个广阔的精神空间。

写完《唇典》的刘庆说，"我追求的境界是不但要有天地间的奔放和辽阔，还要有行吟诗人的从容、优雅和感伤"。可见他不迷信写实，他想接续上一种更伟大的文明，一个更丰富的世界，并通过自己的写作，恢复神性、奇思、万物有灵这些观念的地位。他不想只写匍匐在地上的人生，而试图在小说中重新想象人是如何神采飞扬、如何超越俗世，又是如何争得活着的尊严并实现自我救赎的。

《唇典》是有大的构想的，在小说的时间跨度、人物塑造、叙事结构、精神空间开创等方面，都寄寓着刘庆很多新的写作抱负。在今天这个浮躁的时代，能有这种大的写作志向的作家并不多，刘庆磨砺多年推出的《唇典》，清晰地表达了他的这种志向。当然，这部小说还有不足。比如：小说里的人物对话，不同的人的个性和腔调略嫌不足，多数时候会让人觉得人物对话是出自作者自己的口吻；密集出现的事件的粘连度也有待加强，否则会给人为写历史而有意堆砌的感觉。由这些不足，我想到了一个作家的话，就是写完《白痴》的陀思妥耶夫斯基给斯特拉霍夫写信说："小说中许多急就章，许多地方拖沓，没有写好，但也有成功的地方。我不是维护我的小说，我是维护我那个思想。"引用这话，我并非要在两个作家之间做简单的类比，而是想说，一部有想法的小说诞生之后，作家的这些想法同样值得维护。

在确定与不确定性之间徘徊

读过很多浙江青年作家的作品，突出的特点是，他们都对自己脚下的土地有一份深情，同时他们又都不愿意照传统的路子写作，而是竭力寻找一种现代的方式来省思经验、理解人性。读了叶炜、陈集益、池上、周如钢这四位作家的作品之后，这种感觉尤为强烈。这四人或许难以尽述浙江青年作家所具有的地方风格，但仍能看到他们身上有一种程度不同的、对地方性的自觉归属，一种用想象力重新唤醒日常生活的神秘性、不可言说性的独特努力。

从叶炜的"麻庄"、陈集益的"井下村"、池上的"长乐镇"，到周如钢的"砚村"，他们都致力于呈现一个小地方的生活脉络与人情纠葛。这种呈现，也许完整如叶炜的"麻庄"，即使一条狗也有姓名，有传奇；也许破碎如池上的"长乐镇"，只是旧桥、大型货车和录像厅拼贴的剪影，故事不那么光鲜、时尚，而是带着小镇小乡特有的疲惫与迟笨，粗糙与温柔。他们的小说里涌动着江浙的文化源流与民俗经验，细看叶炜《后土》中散落的婚丧年俗、童谣民歌、柳琴戏、拉魂腔，陈集益《大地上的声音》内寄托哀情的婺剧与金华道情，池上《桃花渡》里贯连全文的越剧《追鱼》，周如钢《清明上河图》中凝聚世事变迁的东阳木雕，可以见出这些青年作家内心都有留存文化记忆、珍重地方腔调的写作追求。

从"乡土中国三部曲"《福地》《富矿》《后土》，到"转型时代三部曲"《裂变》《踯躅》《天择》，叶炜的作品中，始终可见其精神原乡——鲁南苏北、民风鲁直、"雨顺风调"、流淌着小龙河、毗邻着抱犊崮的"麻庄"。他对故乡的不断书写与重建，没有囿于一种同质的文化乡愁，而是闪烁着作家对自我、生命、历史的不断体认与反复深思。在《福地》《富矿》《后土》中，叶炜展现出乡土文化的玄妙与温厚，工笔留存农村的婚丧嫁娶、年节法事、民歌童谣等传统风俗的趣味，也不惮于揭露乡人的愚昧、贪婪、窘迫与窒息，不时碰触农村干部腐化、农村空心化、产业转型无门、农村妇女被性侵且完全失语等社会问题。而借由《裂变》《踯躅》《天择》，叶炜直指转型期中国高校裙带成风、贪腐严重、福利分配不公，各种审查形式主义泛滥，教师学术不端、私德败坏等弊病，从老教授、青年校报编辑与大学生记者三个主视角，叶炜直面了知识分子无力改变现状，甚至不能独善其身，或意气衰颓，或盲目狂热的精神困境。小说中，男性知识分子几乎无时不有对身边女性带有性意味的"凝视"，知识分子的假面由此可见一斑。尽管作者在书写传统男权结构束缚与压制下的女性命运时，存在部分情节过于繁缛，对弱者的不幸缺少更深层的反思等不足，但叶炜为家乡著史的雄心，为社会时弊写实的胆识，仍然值得肯定。在社会转型期的阵痛中，普通人的悲伤与欢悦、绝望与希望，只有通过不间断的书写，才能渐渐从小声音变成大声音，进而让渺小个体的泪与笑拥有更真实的形状与重量，这是非常重要的写作议题。

陈集益则有一种残酷的幽默感，他的作品常常模糊真实与虚构的界限，以一种荒诞的方式映照现实，用热闹的语言、情节与想象去书写寂寞。他笔下所写的那个不合理、不合情的世界，唤醒的恰恰是读者内心对真实的理和情的渴望。《长翅膀的人》讲了三辈人的故事，他们都因肩胛骨上生有翅膀而倍受戒备与排挤，会飞的爷爷被国民党当成侦察机"应用"，最终死于日军的流弹；不会飞的父亲割下双翅，伪装公鸡的巨型翅膀，为公社"大放卫星"，自己却死于失血过多；"我"藏起翅膀，假装驼背，过了顺遂、富足、妻贤子孝的一生，但没有一刻忘记过翅膀的存在。小说的结尾，老去的"我"终于决定，要对世界、也对自己，承认自身原初的模样。怪诞的想象背后，是比想象更离奇的历史创伤，与作者对用平庸、合群来规训每一个生命的愤怒。《炸裂》则从一个发红、起疹、只能闻到臭味而对香味失灵的鼻子开始，以空气污染问题为切口，追问每个人心中都有的疑惑：当世界以一种谬误的方式运行，当身边的人因为投降而获得利益，当家人因为自己的坚持承受痛苦和外界的排斥，当接受错误比反对错误更能维持一种平缓、顺滑、无限逼真的幸福假象，我们究竟应不应该顺势变得迟钝、懦弱并互相欺骗，我们还有没有勇气"炸裂"自己？这些小说，有些结尾过于完整、刻意，有些抒情不够节制，塑造的人物形象也有格式化的一面，但从中仍能看到，陈集益对于艺术和人生，似乎已经有了自己的整体性看法：只要还有人在言说孤独的经验，在尝试为终将严丝合缝于社会机器的个体找回一点独一无二的意义，那些"大地上的声音"，就不会完全归于沉寂，总有灵魂会去互相寻觅、彼此慰藉。

池上的小说，以平缓的叙事节奏，切开日常生活的表皮，裸露出内里的精神血管——某种程度上，生存就是对现状的不满与依赖，对别人的向往与恐惧，是在出走和驻留中的千折百转，是在本我和超我之间的来回拉锯。《在长乐镇》里的唐小糖，原本打算远走北京，却在同省的长乐镇里停了下来；她的出走，类似于霍桑笔下在离家很近的街上租了房子、一住二十年的威克菲尔德，是一种安全的叛逆，是与现实世界藕断丝连的方式。唐小糖也曾尝试将意义寄托在爱情上，可无论是乏味而可靠的丈夫郭一鸣，还是暴烈而薄情的修车工阿凯，都"治不好她的心"。《桃花渡》里的阮依琴，以越剧为生活的最大寄托，为了演出，她可以背离师父、出卖肉体、打掉胎儿、延迟肿瘤手术……因新版《追鱼》成功翻红后，阮依琴却在台上感到了孤独。《天梯》中的童雅各，一度信仰基督，笃定自己的出生是特别的、带着神的旨意，但她的母亲、虔诚的信徒金淑荞，竟在传教的途中车祸身亡，这使她不再相信"主"，却又意外地过上了信主的金淑荞"奋斗几辈子都过不上"的物质生活。池上的意义，在于她并未将故事、将生命仅仅定格在那些可悲、可笑的瞬间，正如《曼珠沙华》的结尾，曾跟踪同学许安琪、却没能阻止她自杀的史云帆，为女儿自杀后，才发觉自己对她一无所知的方心渝，拉了一段小提琴《摇篮曲》；长久为儿子的病互相责怪、自我折磨、几乎形同陌路的史千秋与应悦，也有了一个生硬的拥抱。在意识到爱情、事业、宗教、亲情等诸种寄托薄脆的本相之后，人物反而能够更坦然地面对如寄的人生，直视生活的残缺与命运的荒谬。虽然小说中部分抒情太白、太露，有些地方因强行拔擢情感高度而稍减韵味，但在更多地去理解现实、原谅现实，而不是粗暴地判断现实这方面，池上慢慢形成了自己的世界观：人的寄托就是人自己，在尝试打开内心、理解他人的过程中，人总能获得一点在生活废墟上重建自我的勇气。

周如钢用一种平视的角度，观照着底层人的生存状态。他的讲述，没有自我中心的悲悯，或虚空高蹈的关怀，而是诚实地还原着小人物的生死疲劳，不讳言也不粉饰他们的欲与义、情与罪。以庄守城为主角的《孤岛》《我们的朋友》《鱼能在天上游么》三个短篇，细碎而多面地呈现出进城务工人员的日常，在沉重的生计与逼仄的陋室之间，他们无力省思自己——对于近乎依靠本能去挣扎的人生，细看是一种残忍。对他们而言，现代性的辉光是可惧的，传统的夫为妻纲、父为子纲、光宗耀祖等价值导向仍然被奉为圭臬。作为人，动辄辱骂妻子、撕毁她的文学梦想、漠视她对家庭的付出，甚至将她推下了河的庄守城固然是有罪的，但城市对他和儿子的伤害与掠夺，难道就是一种理所当然的现实吗？庄继业在作文本第一页发出的呐喊——"我的爸爸不畸形！我的生活不畸形"，也是一种值得尊重的反抗。《流霞》从阿嬷的"法事"与姐姐的玄学切入，去触碰迷信生长的精神土壤。对农村的穷人而言，迷信可能是唯一摸得着、消费得起的慰藉，而实际身兼赤脚医生、送葬人、侦探等多个职位的阿嬷，用她朴素的热忱平等地疗愈着村民；在城市，迷信背后则躲藏着都市人永无止境的欲望与恶意，借"神仙洞"装神弄鬼的姐姐，身不由己地从受害者变成了加害人，在虚幻的运势与陈腐的偏见中泥足深陷，反复刺痛着自我与家人。《清明上河图》也与传统有关，但更多是以砚村木雕技艺为线，引出时代浪潮的摆荡中，受到现代化、城市化进程冲击的农村人不同的选择与命运、相似的茫然与痛苦。周如钢有一种把握现实的能力，即便城乡矛盾、传统与现代的悖论，在当下已是泛滥的小说主题，他仍能为这一内核赋以新鲜的形状、饱满的肉身与入微的情致。他的作品不乏雕琢痕迹，一些哲思表达也稍显笨拙，但他让我记住了，活着是可贵的，那些仅仅是"存在"的人的存在也同样值得尊重。

尽管故事讲述的年代、背景、主题各异，但叶炜、陈集益、池上、周如钢这几位作家，却在写作中不约而同地戳破了幻想与现实的隔层，让一成不变的日常生活重新露出玄奥的一面，让读者在想象与好奇中更新对生命的体验，触摸到更内在的真实。从叶炜《福地》中万家死去多年的先人鬼魂们列队来迎接老万新丧的媳妇绣香，阴间的绣香多次入梦与老万相会、为他指点迷津等情节，到陈集益《长翅膀的人》中栖息在岩洞里的长翅膀家族，《谎言，或者嚎叫》中存在成谜的野人，池上《天梯》里，童雅各五岁时，曾有短暂的除了太阳什么也看不见的奇异经历，周如钢《我们的朋友》里，"能看到一拨又一拨腐败的肉身从河的那头漂到这头"的庄守城，《流霞》里能用刻课寻人、寻物的阿嬷……这些奇异色彩浓重的成分，和小说中那些有序、已知、科学的日常浑然一体，混杂出了一个个虚实相生、惊心动魄的小说世界。这种指向神秘、未知、不确定的写作，它最大的意义之一，是复活故事那传统、古老的魅惑力，反抗被工具理性祛魅后那个单一的、不容置疑的世界，进而恢复人对未知世界、对超越性的敬畏。好的小说，总是在确定与不确定性之间徘徊，从一个地方、一种最实在的生活末梢出发，抵达一个充满无限可能的、神秘的世界——这几位作家写得最好的部分，无不循着这样的路径出发。

青年及青年问题的归来

近年读小说，常感作家在描述时代现状、处理现实问题方面并非那么得心应手。不难发现，当下有不少小说是各类新闻事件的串烧，似乎和现实贴得近，却少了一份才情与想象力；也有的用了魔幻现实主义方法，想象力看起来是大而飞扬，可少了细节与逻辑的坚实支撑……其实我们很难读到一种真正素朴、有力的现实主义，更不用说像胡风所言刻画出"精神奴役的创伤"时，见出作家与人物的灵魂。

传统的现实主义方法及精神的落寞，其实也隐含着作家的写作"症结"：一方面是对现实的疏离，比如很多作家依然在写着与乡土相关的主题，但对乡村的现状已然陌生，凭借的还是年少经历或者有限的见闻；另一方面是思想力的贫乏，在二十世纪八九十年代，文学界与思想界是紧密互动的，很多社会思想问题在文学中得到了回应，比如青年的出路问题，乡村的发展问题，这可能也是那个时代的文学能引起众多共鸣的原因之一吧。作家有了思想力，才能对现实发问，作品才不会流于一般的"问题小说"，对政策及时局进行简单的图解。作家应对时代现状及人的精神处境保持一份警醒，要持续思索并追踪这些境况背后潜藏着怎样复杂的成因。

对现状的陌生与思想的无力，使得作家写作上容易陷入思维固化。比如传统与现代，乡村与城市，很多人还是停留在二元对立的模式上。写乡村必写人去村空的凄凉景象，写城市似乎也只能写欲望的膨胀与各种恶念丛生，看不到新的气象，也无从把握这种新的气象所带来的变化。精神上也多半是悲观的，且这些悲观的成色相近。如何用精确的笔墨来描述当下，又如何让小说重获一种感动人心的力量？这个问题值得深思。

炫目的写作技艺并不能掩饰一个作家在现实面前的慌乱与无力。当然，理解当下并非是让作家开出明晰药方，或者指明方向，写出现状、问题及迷惘，同样是一种当代意识。从疑问出发，也可呈现出一种真实与坚定。对很多作家来讲，当前主要的疑问之一，莫过于理解正在发生的现代性进程，愈来愈显著的城市化背景，偏远家乡在这一场发展的博弈中处于怎样的状态，人的精神与伦理又会迎来哪些巨变。

读完陈毅达的长篇小说《海边春秋》（载《人民文学》二〇一八年第七期），颇受触动。小说给人以感染的主要是它所塑造的人物，尤其是那些不起眼的小人物，总有一种力量能让你动容。这些人都是有情义的，大至对国家、家乡，小到对长辈、亲人，作者能够捕捉到他们内心深处最真挚的情感，不突兀，不夸张，把他们放置在每个人的成长背景中，细微中见真情。还有，整部小说中所洋溢出的那种久违的暖意和进取精神，也可见出作者对现实的理解力和思想光彩。

小说讲述的是省文联副秘书长刘书雷参与援岚工作的故事。偏处一隅的岚岛得到了政府的高度重视，想要推进其经济发展及各项设施建设，并想引进兰波国际对岚岛风景的开发项目，一系列的矛盾由此展开。《海边春秋》里也有地方与中心的背景，传统与现代的语境。海岛因为固有的地理环境，之前一直是被现代性所遗弃的对象，闭塞，贫穷，落后，后来时代风习一变，她的风景资源被发现，成了现代性所同化的一个对象。

事实上，现代性就是这样一场趋同化的进程，我们置身的已不再是传统的日出而作日落而息、靠经验来生活的自足社会，本雅明所说的老人给下一代讲故事传授经验的时代早已经结束。小说呈现这样一个变迁背景的方式之一，是将人与人的命运、人与村庄的命运勾勒出来，或者说，人与村庄的命运不由自主地被卷入这一场现代化的实验当中，没有人可以逃脱现代性对他的影响。

对岚岛开发建设的焦点问题，是蓝港村村民是否搬迁，海岛是与自身优势、传统底蕴、本土风情，与当地村民及新一代年轻人的利益、愿望与情怀结合起来进行建设，还是完全由外在的力量来做主？放大一点说，这也是当下许多村落或偏远之地所面临的困境。村子里像大依公这辈人，靠海而生，生命也就听天命，让大海做主，倘若让他们离开出生地，离开故土，不啻是对他们的致命打击；比他更年轻的人已经不再以海上资源为生，而是以现代知识和技能去城市谋生，如果整个村庄搬迁，他们也将成为没有故乡的人——但在他们心里，其实是愿为家乡的发展奉献一己之力的。故事里还有一位想着卖画攒钱来找父母的小姑娘虾米，她的生活及家庭景况大致也可以反映出社会一角。

现代性的力量并不一定就是破坏性的，许多时候也是建设性的。也正是在围绕岚岛的建设问题上，众多矛盾汇集在一起，不仅有政府、国际公司、村民多重力量的较量，也有众多人物心力的对决，时势所趋之下乡村的发展与未来，以及青年的出路问题呼之欲出。

《海边春秋》里大致写到了这样三类青年形象：一是刘书雷、张正海这样的援岚或基层干部；二是以海妹等为代表的现代知识青年；三是像虾米爸爸这样的外出务工人员。其实每一类人物形象在当下都具代表性。

刘书雷是京城毕业的高才生，小有名气的文学评论家，如果没有这一次基层体验的机会，他大概一直在自己的文学小世界里怡然自得。虽然博士毕业时，也曾在留京还是回乡的问题上有过犹疑，回到省城后，他也并不大乐意参与外界的事，毕竟他所在的单位是文化部门。一旦他实地参与基层的建设问题，不管是文化人的人文关怀，还是知识分子的岗位意识，都催迫着他去为当地的村民做些实事，结合他们的实际所需与现实欲求来寻找岚岛建设与发展的最佳方式；他怜惜虾米，为她买衣服、手机，为她寻找父亲，主动融入当地村民的村务及感情世界，积极地帮他们解决问题。由于长时间接触活生生的社会现实，刘书雷找到了一种有别于文学的实践方式来面对所置身的世界，并且从中获得了一种实实在在的价值感。

张正海也是如此。他回到家乡，利用自己的专长，为家乡谋福祉，他感受到的同样是一种舒心的畅快。再如海妹、晓阳哥、依华姐这些从岚岛走出去的现代知识青年，海岛给他们留下过心灵的创伤，他们没有一个完整的家。因为生存环境的恶劣，他们的父亲或是在出海时遇难，或是为了救他人而牺牲了自己的生命。相同的遭际让他们惺惺相惜。他们对家乡有着很深的感情，家乡的发展及变迁将他们召唤在了一起。而像虾米的爸爸曾小海这样的外出务工人员，因为知识技能的局限，很难在城里有所发展，所谓工作，不过是糊口罢了，而家里还有老人、小孩等需要照顾，倘若家乡有一席之地让他能有所凭依，生活的重负就会减轻许多。

这些青年的现状，都在指向同样几个问题：象牙塔所学的理论知识、读书人的良知与情怀，是否能够真正在社会实践中有所作为？个体的发展能否与家乡、时代的发展同步？除了在城市安营扎寨，家乡、基层是否还是年轻人实现梦想与价值的广阔天地？这个看似宏大的问题，从"五四"以来，一直在追问，也一直有追问的价值。虽然每个时代有每个时代的状况，但问题的实质并没有重大改变。记得费孝通曾讲过乡村的损蚀。在他看来，城市带走了乡村的精英，而在城市受过现代教育的人已很难再回到乡村有所作为，他们所学的知识与技能与乡村的实际所需已经格格不入。

现代以来，大多数时候，中国小说倘若涉及城乡问题或村庄在现代性进程上的发展机遇问题，几乎都在讲述青年离乡出走、乡下人进城的故事。二十世纪八十年代反映知识青年与乡村命运的小说，比如《浮躁》《人生》《平凡的世界》等等，虽然还在赞赏乡村的美德及发展前景，乡村的美德仍然是这些青年所眷念的，离乡进城的青年最终也有回乡继续自己人生的可能，但乡村的发展大势已经昭示了青年并不明朗的现状与未来。

二十世纪九十年代以后的小说，离乡、"往城里去"仿佛是一个焦灼的命题，牵引着众多年轻人的人生方向。归来者是少有的，更不用说是知识者的归来——即便归来，或许也是带着现代性所遗留的身心戕害。贾平凹小说《带灯》里的主人公带灯，可以算是一个乡村归来者的形象。作为一个基层工作者，她以女性的柔情和读书人的良知来面对乡村事务，但她的身心状态每况愈下，她不自知的夜游症正如乡村不知如何发展的迷局。与之相对的，是在城市的魅影下，年轻人的各种迷思，以及他们在城市的空间里试图改变自身命运的努力，常常是让人心生悲凉的。这从近年的《篡改的命》《涂自强的个人悲伤》等作品中，可见一斑。

但这些形象终归让人觉得欠缺了什么，也许，我们还期待着青年精神形象的变化。当年轻人不再有乡愁，当所有的发展指标都指向城市，或者以城市现代性的标准来度量，那么，留给那些渺小个体的空间也许会变得越来越局促。

而在陈毅达《海边春秋》里写到的这些年轻人，可谓是真正的归来者。他们当然是一群有情怀的人，也是一群仍对乡土有所感念的人，愿意将个体的价值置放到广阔天地之中，现代的知识、城市的见识，还有他们独特的人生经历，开阔了他们的视野，使他们可以看到并欣赏家乡的优势所在，有着反哺家乡的愿望与动力。作者着力塑造这些人物，写出了他们的热情与抱负，欢喜与隐忧，果敢与动力，显然可以给当下的青年形象提供有力的参照——至少这类形象在以往的文学作品中是少见的。

对青年问题的再次提及不仅关系着城市、乡村的发展，也是对当下青年思想资源与精神状态的一次梳理与考察——中国的文学需要有一束这样的审视的目光。前一段在《文化就是身体》一书中读到一段话："物质主义带来了一种机械式的宿命论，支配了当代生活的各方各面，导致我们让自己囿居于狭窄、可预见的范围内，使得我们对一个不同于宣传中的世界的想象能力越来越式微。艺术家在社会中的角色，应该是给人们制造重新感知世界的机会，刺激他们的想象，好让他们'活在提问里'。通过启动新的对话，创意地面对冲突，艺术家能刺激广大的群体，从结果衡量标准中把自己解放出来。"从这个意义上来看，陈毅达对现实的敏感与提问，尤其是他对青年问题的关注，激发了我们的想象；青年如何归来，乡村如何发展，也有了新的可能方案。他所写的，也许还不具有普泛意义，但他之所思却有重要的现实意义。

对现代生活的重新理解

　　小说是活着的历史，它保存着日常生活的具体形态。那些每天都在发生、流逝的日子，是文学书写最重要的内容，也是人类精神永不破败的肉身。然而，时间越迫近的生活，越难写好，以致多数作家热心于写家族史、战争史或宫斗史，而有能力把握好当代现实的，不是太多。即便是写当代，写得较有光彩的，也多是普通小人物，另外一些层面（比如富裕阶层）的形象却很少。张炜的长篇小说《艾约堡秘史》（湖南文艺出版社二〇一八年版），通过淳于宝册这一形象的刻画，写出了另外一些人物类型的生活日常与精神脉络。

　　主人公淳于宝册生活富裕，公司业务涉及金矿、地产、贸易、渔业等，居住在豪华舒适的艾约堡里，饮食起居皆有专人照顾。在普通人的想象中，这样一个"土豪"，生活中一定隐藏了许多不可告人的秘密。"秘史"二字，也确实吸引了读者的眼球。但张炜以淳于宝册的感情故事为线索，照见的却是现实中的一些重要侧面。

淳于宝册青年时代经历了亲人离去，四处辗转讨饭度日，被抓进监狱做苦工，可以说是吃了许多苦。"艾约堡"来自"哎哟"二字，山东方言里的"递了哎哟"，就是被人殴打跪地求饶所发出的声音，如淳于宝册自己所说："那是绝望和痛苦之极的呻吟，只去掉了那个'口'字。"淳于宝册无法忘怀那些痛楚的记忆，把自己居住的地方取名"艾约堡"，以提醒自己不忘过往。作为狸金集团的创立者，他是善良、充满同情心的大老板：听到矿难死伤员工的细节会禁不住流下眼泪，并坚持追究总经理的责任；他是天分很高的文学少年：少时读书就在校办刊物发表作品，大半生嗜读，拥有极为丰富的藏书；他是虚荣的作家：把自己平时兴之所至的言论交给秘书处分类整理，扩充成一大排"烫金仿小牛皮的棕色精装书籍"；他也是专断、霸道的总裁：给员工限定时间完成开发小渔村的计划，为此不惜一切代价……这是一个复杂、多面的财富拥有者的形象。

然而，淳于宝册每年秋天都会犯一种叫"荒凉病"的病症，这种病来势汹汹，可将一个体力充沛、生机勃勃的人击倒。这个不满六十岁的集团总裁，得病之后"臃肿虚弱"，一夜之间"仿佛变成八十岁的老人"。小说多次写到淳于宝册没有犯病时的身体，健康饱满，像一头鲸鱼或海狮，充满不可思议的能量，与生病之后的他形成了鲜明的对照。

与其说"荒凉病"是一种肌体的病症，不如说是一种精神匮乏。给淳于宝册治病的老中医一语道破天机："现在的病根儿说到底是'人心不古'……名利声色一旦动摇人的心志，就得用大力去震慑。"这"荒凉病"的病根，得从内心深处去寻找成因。作者借此探究的正是财富激增的这几十年，人们有了财富之后怎么办的问题。也许外面的喧嚣退去之后，大家才会发现，精神的富有、心灵的满足、爱情的慰藉、尊严的建立才是最重要的。

淳于宝册正是历经了欲望的沉浮，才有了对生命全新的领悟。在他身上，可以看见一个时代的变化——在反思中前行，在各种挫折的体验中积攒善意和美好。当一个人重新相信爱、相信正义，就意味着他开始重新出发。绝望从哪里诞生，希望也从哪里准备出来，那些闪光的心灵碎片聚拢在一起的时候，同样会焕发出坚不可摧的力量。

矶滩角的村头吴沙原是另一种类型的人。他接受过良好的教育，有机会留在北京却选择回到自己的小渔村，并且以一腔热情带领村民走向致富的道路。吴沙原高大、坚毅，他坚守的道德抱负，让人想起张炜在《古船》里写的隋抱朴。他们都是作家心目中理想的寄托。面对矶滩角未来的命运，他首先想到的不是合并之后有多少拆迁补偿款，而是合并后村民如何生活以及渔村的文化传承。"他们交出了祖祖辈辈过活的地方，马上要拍拍屁股走人。用不了几代，谁还记得有这两个村子！……穷是暂时的，土地是永久的，你们把土地从他们脚底下抽走了！"吴沙原的呐喊，有无奈、愤怒，也有一种珍贵的坚守和情怀。他知道，对于一个农民来说，失去土地意味着什么。诚然，村子没有保住，农田变成了高楼大厦，渔村变成了高档游艇会所。但也必须看到，城市化进程带来了很多需要面对的新问题，但也敞开了不少机遇。一味地固守旧有的生活方式和土地情结，可能也是一种落后的观念，毕竟，人类的发展不能只是回望，也要前瞻。生活的环境、形态发生变化了，任何人都不可能站在原地不动，他必须与时代同行，在传承中创造，在痛苦中升华。矶滩角的命运，是改革的阵痛与新生；吴沙原的抗争，是坚守，也是对现代生活的重新理解。

与其哀叹一种生活的消亡，还不如为一种新生活再造希望。

从早期的《古船》《九月寓言》，到《你在高原》系列，再到最近的《独药师》和《艾约堡秘史》，张炜一直在追问道德与理想之光的存在。与之前小说不同的是，《艾约堡秘史》里的道德理想，不再是如野地和高原般的诗意存在，矶滩角也不再是可以避世的乌托邦。作者显然有了更加坚定的直面现实的勇气。逃离与缅怀，多半是一种苍白的思乡病，并不能有效地应对剧烈的现实变化。轰隆隆前进的推土机也许非常刺眼，但它并不都是罪恶的，正如牧民下山、渔民上岸、农民进城，告别过去的同时，会有痛惜，但也会有现代生活带给他们的便利和惊喜。

现实的纷繁复杂，也许正是现实的希望所在。

神化一种古老的乡土式审美，并以此来批判、对抗现代化进程，是简陋而无力的；真正睿智的作家，不能光抒发一种空洞的文化乡愁，而是应该回到内心，让人物在时代的各种喧哗与裂变中站立起来。在重建一个故乡的过程中，更需要重建的，是丰盈的内心、坚定的信念，以及任何挫折也无法让他停下前行脚步的韧劲与激情。《艾约堡秘史》所隐含的这个主题，值得深思，也意味深长。

英雄归来之后

　　麦家的小说是一个独异的存在，他所塑造的人物都具有不凡的英雄品质，而如何把人格与信念，以及人性的强悍与脆弱融为一体，使之成为小说的精神筋骨，并由此写出一种雄浑而孤绝的力量，其实是有很大艺术难度的。他创造了一种小说类型，又渴望实现对这一类型写作的突破，出版于二〇一九年度的长篇小说《人生海海》（北京十月文艺出版社），就很好地诠释了麦家新的写作雄心。

　　《人生海海》是讲述英雄归来之后的生活。通过多视点、零散化、非线性的叙事，麦家把讲故事的权力交给小说中的多个角色，塑造了一个有凡人味的、和世俗生活紧密联系的新的传奇人物。作者原谅了英雄的脆弱，还原了英雄作为一个人的常情和常理。上校与太监这个一体两面的复杂人物形象，是此前的中国文学作品中所没有的。

　　小说故事的讲述者，如老保长、爷爷、父亲、林阿姨等，多是平凡人，相较《风声》中的教授、作家和全国政协委员的母亲，精英气要少很多。麦家把书写英雄形象的大部分工作交给了普通人：爷爷的又恨又怕，林阿姨的又爱又怨，老保长的羡慕与叹息，父亲的内疚与珍重，"我"的好奇、崇拜与悲哀。这些情绪缠绕着上校的不同侧面，形成了不同的价值判断，但又殊途同归地指向一个"骨头比谁都硬，胆量比谁都大，脾气比谁都犟，认领的事十头牛拉不回"的蒋正南。在普通人和英雄的相处中，英雄不仅得以摆脱单一的光明色彩，露出有缺陷、因此也就更有人味的一面，还与俗世的物质建立起了紧密的联系。当读者去触摸上校这个人时，就知道他不仅是属于大时代的，也是属于小地方的。双家村的气候、作物、饮食、建筑等等，都是真切的，有温度的。

　　小说里上校出场的时间并不很明确，但至少是二十世纪五十年代末、抗美援朝志愿军全部撤回中国后。他的事迹，都以既是插叙、也是倒叙的讲述，极其灵活地散布在"我"的自述中。由此，大体遵循线性时间的"我"的故事，就和时而线性、时而非线性的上校的故事，形成了一种错落有致的双线叙事。读者既免于单一时间线索的疲劳，又可激起拼贴、还原上校时间线的兴趣，同时，这也符合我们对一个人的认知顺序：我们认识同事、朋友、长辈时，也是既在不可逆的线性时间中与之相处，又在他自身，或第三方的叙说中断续地得知他的从前。于是，读者会发现自己很容易代入"我"的角色，同样急不可耐地想知道上校每一桩奇闻逸事，因为每一次听故事的机会都遽然而来，戛然而止，也就会特别投入。这种微小的意外之喜，构成了读者的阅读动力之一。并且，相较于上帝视角的回忆和追述，读者对人物的回忆会更宽容，允许一些模糊，一些美化。在这种带感情的讲述中，真相不再是唯一的价值，人们乐于享受花园的歧路，沉迷于故事本身，甚至主动为它增加传奇色彩。更重要的是，英雄的过去和现在，他属于"上校"的光辉而惊奇的冒险历程，与属于"太监"的平庸而冷漠的归来生活，在这种叙事手法下得以并置呈现，令我们为人物无解的命运产生更深的共情——当然，也隐含着自己是否有资格同情上校的拷问。

《人生海海》通过让上校与林阿姨重逢的情节设置，在上校因不堪受辱而发疯，且已经再无好转可能之后，麦家其实原谅了英雄的脆弱——英雄不必是无坚不摧的，即使在和命运的战斗中，他失去了自己，但这无损曾经的荣光，也不会伤害英雄的本质——人，上校仍然拥有人该有的、爱与被爱的权力。而林阿姨的意义，不仅在于她的毁灭与拯救，使故事得以进行、圆满，还在于她超越了传统英雄叙事中"新娘"只是功能性人物的地位——固然，她有不够出彩的地方，一个人生意义是救赎单一的、特定的别人的人，格局难免有些小了，总不如志在除奸杀鬼的上校光芒四射，而麦家的写作趣味也并不在于挖掘这"小"里的"大"。但她是一个人，一个有情有欲、有对有错的人："有人会同情我吗？我想不会有，包括我自己，有时也懊悔把他毁成那样。但我不是神，我是人，我就那水平，人的水平，所以更多时候我并不懊悔。我认了，是把刀子也得吞下去，没有选择。人就是这待遇，熬着活，你看我和老头子，现在活成这样还不是熬着在活？"这不仅是一个在当代小说中极为难得的、逻辑可以自洽的人，更是一个在思索生命意义之后仍能坦然处之的人，她不是英雄，却有着同样坚忍而伟大的灵魂。

英雄总是夹在神与人之间的尴尬存在，他既没有神那样的强力，令人畏惧与崇拜，对于人群而言，又始终是一个无法彻底融入的异质分子，一个不安定、不可控的因素。即使是神话里给王国带回拯救性力量的英雄，都常常遭到普通人的质疑与敌视，何况《人生海海》中并没有直接惠泽双家村每一个人的上校？"战场上早迟要当英雄"的上校，从离开战场伊始，也就走向了悲剧。尽管他一度在双家村找到一种微妙的平衡——任凭大家津津有味地为他的裤裆编造各色传说，默许自己背后有个"太监"的外号，即使小孩子调皮，当面叫他"太监"，多数时候他也不加理睬，上校才能以一个无害的、被阉割了的

"英雄"形象在村庄里生存下来。但这种平衡终究是昙花一现的。当动荡的时代来临，最先倒下的总是上校们。

这也正是《人生海海》的重要性，尤其是上校与太监一体两面这一复杂人物形象，是此前的中国文学作品中所没有的。那种苦难中的辉煌、污秽中的道德，那种在罪恶中开出的精神之花，那种信念的建立、垮塌、畏首畏尾而又无所畏惧的矛盾对立，那种渺小中的光辉、光芒中的阴影，那种人性的坚忍、坦荡以及自私、暗黑，都在上校与太监一体两面的形象中呈现出来了。麦家通过《人生海海》的写作，检索自己的童年、少年记忆，以一种特殊的方式回到故乡，并通过一个人的存在与命运，写下了一个地方的灵魂——这个灵魂里，有光荣，也有猥琐，有凡俗的乐趣，也有等待清理的罪与悔。这样的重新出发，见证了麦家对自己写作的超越。

雷达曾撰文说，有两条道路摆在麦家面前："一条是继续《暗算》《风声》的路子，不断循环，时有翻新，基本是类型化的路子，成为一个影视编剧高手和畅销书作家，可以向着柯南·道尔、希区柯克、丹·布朗们看齐。另一条是纯文学的大家之路，我从《两个富阳姑娘》等作品中看到了麦家后一方面尚未大面积开发的才能和积累。"现在，虽然不能确定地说《人生海海》走的就是"另一条"路，但从这部小说中可以看出，麦家还有很多写作资源可以调动。他在人物身上所寄寓的精神追求，表明他的写作一直着迷于人物的内心，一直追索人物内心世界里极为幽深而又轻易不为人所知、任何力量都不可摧毁的部分，他要通过人物来向世界说话，并一再证明人身上有着不可穷尽的可能。而《人生海海》的叙事形态又表明了麦家是一个没有失去写作抱负的作家。他不满足于讲一个好看的故事，他总想创造一种有新意的讲故事的方式，也总想通过叙事探索而使故事摇曳多姿，增加艺术的曲折、暧昧、无解的审美意味，让读者在享受故事的同时，也思考故事。

《人生海海》不仅留下了令人难忘的人物和故事，而且也让我们在阅读中不断地思考时代与命运、性格与命运的关系，并让我们认识到，一种人格的站立、一种精神的流传，背后可能经历的痛苦与风暴，以及心灵通过受难所能企及的高度。

写出可以信任的善和希望

须一瓜是一个对书写人性暗角、描绘人心世界的微妙转折有着持续热情的作家。她的第一部长篇小说《太阳黑子》（上海文艺出版社二〇一〇年版，后被改编为电影《烈日灼心》）的意义显然是被低估了。

这部长篇小说延续了须一瓜在中短篇小说中所探讨的核心母题——善与恶、罪与罚的争辩，人性的亮点与阴影，爱与救赎的可能，并为小说如何才能在生命世界里建立起一种肯定性的力量，敞开了一种可能性。这样一部以罪案的侦破为外壳，进而对人物幽深内心进行缜密勘探的小说，它的叙事难度可想而知：故事逻辑的推演，既要在现实世界里步步为营，也要在人物内心挺进的速度上做到合情合理，叙事的各种元素要镶嵌得严丝合缝，才能在读者心中建立起阅读的信任感。

须一瓜显然意识到了现实和情感逻辑之于叙事的重要意

义，所以她对的哥杨自道、协警辛小丰和鱼排工陈比觉这三人的生活做了周密的安排，对他们面对十四年前自己犯下的强奸灭门案的悔悟，以及通过一种负疚并带着罪感的生活来救赎自己的内心轨迹，也做了严密的论证。而他们三人对小尾巴的爱与责任，杨自道与伊谷夏之间的感情从不可能变成可能，须一瓜都通过精微的叙事做了极富人情之美的刻写。

但《太阳黑子》真正吸引我的却不是这些精彩故事，而是它所揭示出的那个异常复杂的内心世界。甚至可以说，这部小说真正的主角就是内心本身。

它写了三个有罪的好人。十几年来，他们一面负罪逃生，一面又渴望以自己的善和自省来为自己沈罪。在这种特殊的境遇中，他们借由愧疚，使自己内心残存的人性之光得以昭示，于是，他们成了时代的异己，成了旁人眼中奇怪的好人。他们在自我谴责中受难，在日夜的煎熬里寻找内心的平静。他们也曾矛盾，也曾想过放弃，罪案即将昭彰的时候，也曾试图延迟审判之日的到来，但最终他们选择了顺服——十四年前因为冲动和欲望所犯下的罪恶，今天唯有通过这颗知罪自责、顺服至死的心来偿还。

那个一直处于暗处的心灵，突然被一种善和义所照亮，也为一种受难的光辉所感动，以致杨自道、辛小丰和陈比觉最后的坦然赴死，已不仅仅是接受法理上的审判，更是生命得以自由的象征。他们没有在现实中延续肉身的生命，但在灵魂的另一端，他们却证明了生命所固有的那不可摧毁的价值——爱比死更坚强，黑暗永远不能胜过光。所以，杨自道、辛小丰和陈比觉所犯下的罪是大的，但我相信，他们临死前，得到了大多数人的精神宽恕。宽恕他们，不是宽恕罪恶，而是宽恕一颗已经认罪、自责并向善的心。

《太阳黑子》提醒我们，善和恶在一个人身上的逆转，除了受难，还必须经过自我审判。审判即辩论。须一瓜正是通过这种生命的自我辩论，打开了人物灵魂的空间，并写出了"灵魂的深"。杨自道等人的自我救赎，不仅是善对恶的弹劾和审判，更重要的还有恶的自我审判，以及人心残存的善对自己的确认。他们是犯人，也是审判者，他们揭发人心的罪恶，也阐明罪恶中可能埋藏的光辉。他们是在一种生命的自我辩论中，没入灵魂的深渊，并穿越人性幽暗的洞穴，进而走向光明。我心光明，夫复何言？是啊，在一个罪感麻木的时代，写出恶的自我审判，在一个人心黑暗的时代，写出心灵之光，在一个精神腐败的时代，写出一种值得信任的善和希望，这是今日写作真正的难度所在。

《太阳黑子》成功地克服了这一难度，并写出了那些平凡生命可以争得的尊严。它的精神路径或许是孤绝的，但须一瓜用一种久违了的理想主义情怀，强有力地向我们证明，人性里依然还有亮点，而且无论时代如何萎靡，它都一直坚定地在着。

对痛苦要深怀敬意

　　了解了张翎写作《劳燕》（人民文学出版社二〇一七年版）一书的缘起之后，我觉得，写小说不要过度强调虚构和想象，好的小说，除了虚构和想象之外，还需要有张翎这种实证的写作态度。她通过阅读别人的回忆录，接触到一个跟故乡有关的历史细节，就开掘出一部新的长篇小说——《劳燕》。我的意思并非作家不要依靠虚构和想象，或者说只通过图书馆的资料就能写小说，而是强调作家要多像张翎这样，回到自己熟悉的土地上，回到那些亲历者（老兵）的面前，谦卑地听他们讲自己的往事，搜寻过去的蛛丝马迹。肯花这个工夫做考证、记录、积累，然后在此基础上发挥虚构和想象，这样写出来的作品质地是不一样的。

　　要把小说写得结实、细腻，甚至连每一个器物都写得有来处，是非常考验写作者的。张翎写战争的时候，不单是把被战争撕裂的人性写得丰沛复杂，战争中非常实务的方面，她也处理得认真切实。比如格斗场景，包括动作的次序，格斗中人物微妙的心理变化，这些东西不是光靠想象就可以完成的，你如果没有去做采访，是不太可能还原出来的。

小说要是布满了这些结实的细节，这些带有考据性质的细节，才能把小说中的人性、人物的灵魂写好。这些细节就像一个容器，正如一个厨师没有相宜的餐具，做得再好的菜也会打折扣。有了这种严谨的写作态度，张翎在处理这些题材的时候，就有一个实证的基础，一个可以展现艺术家才华的基础。

张翎本来是要写男人的故事，这样写可能非她所长，但是她找到阿燕这个女性角色，并从她和这三个男人的关系切入，来结构这个小说。这三位男性其实也是这个女性的三段历史——过去、现在和未来，通过这种人物关系，张翎把不同的人在不同的时期，或者战争对不同人的影响写透彻了。尤其是她讲到，当一种灾难把人逼到墙角、逼到绝境的时候，人性会发生变化和逆转。这样的主题不是没有人写过，只是很少人像张翎这样，不断把人往绝境上赶，有一种将人性放在绝境下做实验的决心。

但是，把人逼到绝境，如果没有强大的叙事逻辑做支撑，人性的逆转往往会很怪异，缺乏说服力。张翎有一种能力，把人往绝境上逼的时候，总能找寻到人性逆转的合乎情理的理由。比如《劳燕》中刘兆虎这个人物，他代表来自中国自身的本土文化；牧师比利代表的是基督教文化，有神性的救赎色彩；大兵伊恩代表了一种美国的青年文化。他们和同一个女人相遇，必然产生一种文化的冲撞和互补。阿燕本来是一个很普通的姑娘，但在这些文化的激荡下，慢慢就变成了另外一个人，幽深的人性开始闪着神性的光亮。战争给她带来怎样的创伤，她就在战争中直面这些伤害，并最终从创伤走向救赎。她为什么后来会宽恕那些冒犯过她的人？这就是理由。如果没有作家之前安排的这些复杂文化在她身上的影响，这最后的原谅和宽恕就容易变得肤浅。阿燕心中有这样的力量，能够走向宽广、宽恕。张翎试图为每一次人性的开掘提供合理的理由。

中国作家比较长于写家族故事或百年中国史，多是所谓的社会冲突或伦理冲突。但是人性有时候不仅仅是伦理、家族，甚至不仅仅是国族这个概念，人性具有人性所独立的东西。张翎关注到了这个人性独立的东西，这与她长期在国外生活有很大的关系。《劳燕》借助牧师这一人物的设置，不仅仅教会阿燕生存技能，更重要的是引领她看见人性深阔的一面，即如何面对自己、面对苦难，如何借救赎的力量，重新看待人和世界，使她知道人性有另外一个方向。

写战争的作品有很多，张翎的独特之处在于，不局限于战争以及战争对人性的伤害，更写出了经历过这些创伤的人，如何走向了平和和宽广。

一部长篇小说能不能流传，能不能获得广泛关注，最重要的就是看它有没有创造出令人难忘的人物。二十世纪以来的小说家中，普通老百姓能够随口说出他小说中许多人物的，一个是鲁迅，像祥林嫂、孔乙己、阿Q等，说到这些人物的时候不需要注释，多数人都知道是谁，他们就像我们身边的人物一样。还有一个是金庸，像黄蓉、韦小宝、杨过等，包括"华山论剑""乾坤大挪移"这样的词，已经进入我们日常的生活。这样的作品流传下去肯定没问题。

一个人物要显得饱满，这个人物首先要复杂，需要有不同的灵魂的侧面，要有多样性。过度简单和浅显的人物是不太容易给我们留下深刻印象的。

《劳燕》最让人难忘的是阿燕这个人物。张翎创造的阿燕这一人物很复杂，她有三个名字。"阿燕"是出生时取的名字，就是江南村庄里面普通小姑娘的名字。后来牧师给她取名"斯塔拉"，即星星。这个名字有着天空的品质，会让我们想到更高远的东西。美国大兵伊恩给她取了"温德"这个名字，即风，这是自由、美好的象征。这些名字都有作家的寓意在里面。从这样一个普通的乡村女子，带有中国传统乡土文化基因的女子，到星空一样开阔、风一样自由，并自我觉醒、渴望追求爱的女子，这样的蜕变是有难度的。

这需要她的灵魂有独特的际遇。尤其是美国大兵伊恩奔放的、让她意识到自我的、那种追求灵魂内在惊喜的感情，使阿燕变成了一个复杂而丰富的人，一个多样生命特质都在她身上成长的人。三个名字的由来和三段经历的糅合，使得这种复杂有了合理的理由，让人难忘。一个在中国生长的女孩，具有复杂的性格和品质，身上激荡着多种文化的积存，这在以前的中国小说中是不多见的形象。

特别值得讨论的是，张翎所塑造的阿燕这一形象，身上像是有一种神圣的光晕。她被鼻涕虫冒犯，就去长官那里告状，长官想枪毙鼻涕虫，她不忍，又为鼻涕虫求情。后来，鼻涕虫牺牲了。本来，鼻涕虫之死给人的感觉是为他自己的错误付出代价，可斯塔拉（阿燕）出现的时候，她的形象完全是神圣的，不仅宽恕了鼻涕虫之前所犯下的错误，并令人动容地把他破碎的尸体缝合起来。这种宽恕已经不是一种简单的原谅，它包含着对一个灵魂的敬意，也是以她独特的方式表达对一个灵魂的眷念。

这种升华，如果没有强有力的精神背景的铺垫，让一个中国乡村的女孩变成这样一个善良、坚忍并带有宽广的内在精神和视野的形象，肯定会让读者质疑。张翎塑造这个人物的时候，之所以让我们感觉动人而真实，很重要的一点是，她笔下这些深阔、明亮、令人敬佩的精神，不是在一尘不染的想象空间里生长出来的，而是在淤泥里生长出来的。在看起来最不可能升华的地方孕育出来的精神，才是可信的。所谓"道在屎溺"，说的也是这个道理。

如果没有经历苦难、疾病和死亡，那种所谓的超越和救赎都是很可疑的。比如说释迦牟尼，他以前是一个王子，没有经历过疾病、痛苦和死亡，只有等他见识了人世间那些沉重的苦难之后，他才完成了内心的觉悟。耶稣能够成为救赎之灵也是因为他经历了磨难和死亡。他本是无罪的，却不但被审判，还被钉在十字架上，流尽鲜血而死。他经历了极大的痛苦，经历了常人所不能经历的弃绝和苦难之后，从他身上长出的精神，才有力量，才有说服力。所以奥古斯丁才说："同样的痛苦，对善者是证实、洗礼、净化，对恶者是诅咒、浩劫、毁灭。"

张翎在《劳燕》中让阿燕遭受了最大的痛苦——她被日本人强暴，被家人抛弃，被身边的人所看不起。很多像她这样经历的人很可能就轻生了，因为实在无力承担这些，可她不但没有死，还超越了这个经历，在苦难里开出一朵花来。在经历了苦难和死亡之后，她让自己完全变成一个全新的人。在这样的境遇里长出来的宽恕和救赎才是有力量的。这种从死亡中酝酿出来的生、从苦难中升华出的超越是非常难得的。这就是张翎写作的特殊性。

作家艾玛说："人面对痛苦要深怀敬意，并向其学习。"确实，张翎没有轻易给予一个女孩新的面孔和新的精神，无来由地让她变成一个圣母般的人物，而是安排她在牧师的教化和启迪下渐渐脱胎换骨，又在美国大兵伊恩的影响下认识到自我，这是经过了一个过程的。

没有过程的自我超越是不可信的。很多作家会安排他的人物忽然进入无的境界，看起来很超脱，但是我想问，他的欲望去哪里了？不能说昨天还是欲望蓬勃的一个人，今天就风烟寂静了。你要写出这个转变的过程，有了合理的转变过程，人物所企及的这个空和无的境界才是可信的。张翎正是因为很好地处理了人物内心世界转变的过程，她笔下的人物才显得有精神光彩。

记忆的凭吊

　　《连尔居》（作家出版社二〇一三年版）是讲述记忆的文本，但它的开篇就是"我们的记忆会被篡改"。普鲁斯特的回忆总是在玛德莱娜的糕点上回环往复，扩展和收缩好像都是靠这个具体的物来进行的。当然，这里面还有着马塞尔个人的情绪，而这些记忆是现在的还是那时候的呢？好像无法区隔。德勒兹利用记忆的锥体去分析这种回忆也无法摆脱现在的干扰，或者说，他其实是论证了我们对过去的回忆无论如何都不可能把现在驱赶掉。如果我们相信德勒兹，那么，"我们的记忆会被篡改"也就是一个事实陈述句了。

　　可是，小说继续说因为忘魂草的出现，它"成了一条咒语"。踩到忘魂草，记忆便从此改变了。忘魂草其实可以是某种虚拟的玛德莱娜糕，从那里开始的记忆、记叙，不管是回归到连尔居去讲述历史，还是从叙述人的回忆气味上开始描绘想象，小说终究还是要在点滴的具体事件中开始语言的狂奔。

"事情过去了，像没有发生过一样，没有谁去提它，我只当是一场梦。"叙述人"我"的记忆可以当作一场梦，不值一提，可七个细伢子的死呢？以及连尔居男男女女们的命运呢？这些是"我"可以忘记的吗？没人提起连尔居，不管是七个没有名字的细伢子，还是炳篁、惜天二爹、缘山老倌、湛木青，或者玉娥、媛媛、谷清和福云……这些生命个体不管是丰富还是简单，都无法进入被人提起的名单里，过去了也就真如没有发生过一样。

而"我"呢？忘魂草踩着了还是没踩着没有多大关系，重要的是"我"的疑惑："事情怎么可能先在梦里发生呢？"强烈的疑惑，质问了个体生命如何在历史的大河里呈现出来这一沉重话题。

忘魂草可以篡改记忆，却无法篡改记忆的表情。比如那些成年人愣然和唏嘘的表情，肖老师"从早到晚笑呵呵，说话温和"以及被媛媛气得直吁粗气喊下课的表情，惜天二爹捧着收音机挨家挨户跑的表情，潘支书开会做政治演讲的表情，等等。连尔居人生活中私下的表情和面对政治事务的表情可以形成强烈的差异对比。这些在作者的语言表达里，前者呈现为活泼、风趣、纯朴，而且带有神话的神秘魅力，后者则是沉闷、生硬的，而且带着血腥与残酷。这些记忆的表情，赋予了小说作为对一个时代的历史书写所应该具备的真实精神，而这种精神具化在连尔居人的日常生活里，或者想象，或者细诉，也就把一个记忆的世界形象化了。

《连尔居》的语言特色异常鲜明，这离不开熊育群多年写作散文所得来的修养。比如，"鸟站在茶柜上，我们都陷进了片刻的岑静中。它突然哀鸣，用全身的气力叫唤起来，无助、绝望和恐惧的声音吓了我一跳"。这种散文的笔法，让小说本身变得语体丰富、色彩浓郁。同时，散文化的语言，也容纳了作者许多奇形怪状的想象。在写潘支书发言讲政治时，作者如此描绘道："潘支书的声音像爬坡的拖拉机吼了起来，边吼边挥动着手里的鱼鳞，他越说越激动，突然那巨大的鱼鳞从他手里飞了出去，向着阳光下的蓝天飞舞，像一片片翅膀扇动着，颤抖着，越飞越高了……不晓得是潘支书用力过猛把它们摔了出去，还是恰好一股强风吹过，把它们带上了天空。"很显然，作者将民间话语的活泼生动与政治话语的死板生硬相比照，进而把作品的情感倾向和人性思考揭示出来。

语言富有形象性和感官特征，已成了《连尔居》的一种叙事风格。"灰蒙蒙的雨雾里，老樟树发出了暗绿色的湿漉漉的光，好像老祖宗就藏在里面"；"轰隆隆一声巨响，天地撕裂，耳朵震得要出血了，我们赶紧捂住"；"走到那年搭矮棚躲战乱的地方，荒草淹没了一切，丝茅草、狗尾巴草、蒿草长到了人的臀部，散发一片苦涩的香味"；"有一次，我鼓起勇气用手去碰她的手，我捏住了她的手指，她的手一动未动，我全身都变得冰凉，忍不住发抖了。我听到牙齿摩擦发出轻微的沙沙声"……形态各异的五官感受在熊育群的想象中总是被巧妙地链接起来，这种语言的感官化，甚至还表现在楚骚资源的使用上。

连尔居各种仪式都有骚风，爱情或者丧礼，围绕湛木青等人的描绘，总有楚骚的吟唱记录。作者似乎有意让读者的阅读配上声乐。比如湛木青回到已经无人问津的屈子祠时吟唱的丧礼歌："长夏火光红，绿树荫浓，/汨罗江上鼓咚咚，/魂招屈子归来未，/剩有骚风，/叹人生，莫辞长夏醉荷桐。"如此哀伤的丧礼葬辞，不仅深化了小说人物湛木青的感伤形象，也使小说的叙事具有一种抒情风格。

《连尔居》写了很多人物，主要人物频繁地被交叉式呈现。这种叙事手法表明，作者本就不想专写一个或者两个人，他笔下的主人公就是"连尔居"。为此，熊育群似乎故意模糊具体人物，而创造一种整体的悲剧气氛，让读者在其中体验茫茫哀伤。他让连尔居作为一个典型的被遗忘的"文化生命体"，带着文化寻根和想象的呓语，把忘魂草系在记忆的链条上，通过记忆的书写和辨正，构筑历史的细节或神话的想象。因此，连尔居的面貌是混杂的，有一种氛围统摄着这张混杂的脸，这氛围即是哀悼。

哀悼是这部小说的精神底色。作者哀悼的是连尔居的历史，这些无人过问的个体小历史如何才能成为被人记住的真实？熊育群用了华丽的楚骚体语词，并用那迷离的想象解放感官，让语言有了色香味，让记忆变得丰满而沉郁，再配之以贯穿始终的哀鸣之骚，可谓是在感官中凭吊记忆了。

熊育群让连尔居附着了楚骚的民风遗习，让丧礼和悲剧爱情具有骚体的浪漫氛围，这种天命般的悲剧气息在后记部分表现得最为明显。作者一个一个地为人物做命运交代，不管他们的个人境遇如何，连尔居都是在沦陷。"骚风犹剩"也成了一个问题。而且，让湛木青以为丧礼做道场的形式来传承骚风，用一种悲和悼的仪式来传承悲和悼本身，这本身就是一种悖论。

这似乎也暗示了湛木青的命运。不管他多么热爱楚骚，也只能像他爱着玉娥一般，纵使玉娥也爱着他，他们却始终都不能圆梦。楚骚也是如此。不管这仪式和仪式所蕴涵的和湛木青个人命运之间的关系多么契合，面对时代变迁的侵蚀，这些终究都会随风而去。悲和悼的仪式本身也要被哀悼了。而哀悼这仪式的主体呢？或许，熊育群的写作就是为了去哀悼这一仪式的主体。《连尔居》就是一个哀悼的文本，它演绎了一场哀悼仪式，而哀悼的对象却是它本身。

身体是一个社会隐喻

认识夏榆，是从他的散文开始的，后来读他的小说，发现他的散文与小说并没有明显的文体界限。从内容上看，大多是以"我"在矿区的生活、北潭的生活经历为主线，讲述底层人的现实境遇。散文中有小说笔法，重叙事、故事的完整，是现实与虚构的交融；小说里有"自我"的显隐，可以追踪的个人经历，大段的议论性话语的存在及思想性语言的引用，可以说，在叙事上无所顾忌。

重要的是，两种文体共享着同样的意象，比如，"黑暗""身体""漂泊"。"黑暗"来自作者在矿区生活与工作的现实体验。"黑色"虽象征着日常的平安，却在精神深处留下了种种抑压，延伸开来，有父亲的"暴政"、权势的隐形暴力，青春的躁动，连接着晦暗无光的此在与将来。

"身体"作为个体在社会情境中的直接承载体，它的自由与束缚，疼痛与快乐，皆是对这一个光怪陆离的社会场景的注解。"漂泊"，也许对于作者，或者他笔下的主人公来讲，都是人生的常态，或迫于逼仄的现实，在宽广的大地上居无定所，或听从于情欲、人性的本能，找不到灵魂的居所。三种意象相互纠葛，共同叙述着现代人、也是一群异乡人的生存与精神状况。

无疑，这样的写作既是写实的，也明显带着寓言的色彩；既是现实主义的深度介入，也是现代主义的精神体验。

《感官朝向无尽的时间敞开》（载《福建文学》二〇一六年第十二期）是透过"身体"的情状来讲述现代人的精神之殇。"身体写作"对于当下的读者来说并不陌生，二十世纪八十年代的先锋文学，就开始呈现身体的无尽欲望，暴力的泛滥，人性的丑陋与不堪；九十年代很多作品中身体的呢喃与私语，肆意与放纵，生命的隐秘与哀伤，更是触目惊心；当然，也不乏精神性缺席的赤裸裸的肉体写作，沦为感官的刺激、消费的元素。然而，在我看来，这些写作并没有再现当下普通人的身体情状，与更宽广、真实的社会层面也没有太多关系，缺乏一种直面残酷现实的力量。但夏榆、郑小琼等人的作品，是将"身体"放置在机械复制的工业时代，写城市的繁华与暧昧，多数人迁徙、漂泊无所依，一点点剥开社会及制度对身体的摧残，最终导致心灵的僵化与奴役。他们的写作描述了一个裂变的时代，探究人之为人的境遇，由身体的感应勾勒出这个时代的表情。

身体是一个社会隐喻，一个极为有力的社会隐喻。

是的，每个人大概都想着告别过去，以开始一种新的生活，却不知过去潜伏在意识深处的那些后怕、习惯与桎梏，会紧紧跟随你，无从抹去。在矿区的经历留给"我"的不仅是身体的过度劳累与损伤，还有对等级社会及权威的抑压心理，以至于在京城遇见同样来自矿区的 Z 时，仍然无法舒缓身体的紧张。因为 Z 仍是像过去一样象征着金钱、权势与地位，"如果在家乡我是做梦都休想跟 Z 相爱。在家乡的时候她高高在上，她父亲的权力就是一座我需要仰视的高台"，征服了她，也就意味着征服了她所象征的一切。可一旦转换了背景及场域，两个人似已脱开过去的生活，"我"已不再是那个矿工，并已显露出她所欣赏的才华与能力时，才发现，意识深处的东西仍旧在影响着"我"。

然而，吊诡的是，"我"身体的放松，并且享受着来自身体放松的欢愉，是在一个极为暧昧的地方：洗浴城——这是"我"由身体的落寞与屈辱来窥看"我"与他者、与城市关系的场所。"我"以为在这里人人平等，或者说，身体是平等的，可以暂时忘却城市给"我"设置的屏障，可是，带给"我"安慰，让"身体"恢复本能的，是一个叫陈津的按摩女——现代服务业的精心，抑或偶然的真情流露，让"我"在这里有回家的感觉，于是，"我"用金钱交换并享受着城市里稀薄的温情。也许是同样有来自底层的经验及背负的生活重压，"我"与陈津惺惺相惜，我们交往的过程更多展现了个人经历及生活，"我"也由此了解隐藏在她背后的社会面相。比如，可怕的贫穷及疾病，悲剧的强拆及暴力……然而，弱势的陈津终究无法与之对抗，这也是"我"的现实，是更多人的现实。

可以看到，在这两场短暂的情爱关系中，"身体"试图来确认爱。前者遭遇的是现实的巨大鸿沟，声色犬马的城市里，错乱的是情欲，一切都是乱局；后者只不过是浮华世间渺小的幸福，片刻的宁静转瞬即逝，就像两人很快又消失于人海之中。我们都无法借助身体长久地温存对方，更无从在身体接触的亲密中获取幸福或爱情的慰藉；身体终归受制于身份、地位与权势，逃脱不了身体后面那一串串符号和意旨的控制。

这就是城市暗夜里尴尬的现代人。

《感官朝向无尽的时间敞开》讲了一个再寻常不过的故事，夏榆以白描的手法来陈述现实，以说理或隐喻的方式来构思世界，呈现的只是小小的社会一隅，但由此能看到更多人的复杂人生——这也可以看作是夏榆写作的惯常风格。忽然想起他在另一篇小说里写到的，"我想我的创伤也是我故乡的创伤"，确实，夏榆记录的是这个社会与时代的累累伤痕，而这些也是他内心无法释怀的创伤。他的写作，是对一段段沉痛的精神境遇的艰难确证。

让古物和山水重新发声

我来说说我的家乡——长汀，又名汀州。她自汉代置县，唐开元二十四年建汀州，一直是福建五大州之一。这个自然、人文并重之地，既是客家首府，国家历史文化名城，也是革命老区，何叔衡、瞿秋白均就义于此。更有一奇的是，天下水皆东，唯穿城而过的汀江一路向南。新西兰作家路易·艾黎在二十世纪三十年代说过一句话，"中国有两个最美的小山城，一个是湖南凤凰，一个是福建长汀"，流传甚广。凤凰古城近年声名远播，长汀也为世人所重。

但这些更像是书上写的，很长一段时间，我对长汀有一种陌生感。我成长于长汀的乡下，村子离县城还有六七十公里地，二十世纪九十年代才通电、通公路。那时的县城，于我而言也是一个遥远的异乡。十五岁进城读书三年，离开时，仍觉自己是这个小县城的局外人。没学会这里的官话，没结识一个城里的朋友，再加上当时的城里人和乡下人是两个阶层，所以，我关于故乡的认同感，从来与县城无关，而只关乎我个人的村庄——美溪。村庄周围数里，我很熟悉，县城的各种著名景观，却至今不甚了了。

这些年来，我每年都回家乡数次，每次在县城停留的时间也不算短，但那几天，多半是客居宾馆，邀三两好友，喝茶吃饭，高谈阔论，长汀的著名古迹、景点，仍然很少涉足。其他乡镇的美景，就更是无缘观赏了。

出了我的村子，我依然是一个异乡人。好几次，都想为故乡写点什么，可提笔时才发现，自己对故乡的人文、自然，实在是太陌生了。心中就难免有一种愧疚之情。我曾暗自动念，要像众多游客一样，也对美丽的长汀做一次深度旅行，了解她，与她对话，进而为她作传。"若为化得身千亿，散上峰头望故乡"，柳宗元此说虽然夸张，却一度是我的真实心情。

这个愿望，一直没来得及付诸行动，每次回乡，也就一直没能摆脱自己是一个异乡人的感觉。直到最近，读了好友吕金森的《醉美汀州》（团结出版社二〇一六年版）一书，这个感觉才逐渐消释，因为我终于完成了一次关于故乡的纸上旅行。

我是跟着吕金森的笔端看完长汀的山水与风物的。他写店头街、古城楼、孔庙、汀州试院、云骧阁、沈家大院、老古井，写归龙山、龙门、丁屋岭、卧龙山、朝斗岩、天井山、赤峰嶂，这些地方，很多我都还未去过，但读完他的文章，一切如在眼前。他怀着对这片土地的深情，一边走，一边看，一边吟咏，一边沉思，不仅写出了一个地方、一种风物的丰富情状，还提供了他自己独有的感受和体验。

这是一个人的汀州，可能也是目前了解汀州比较全面的个人导览。吕金淼是漳平人，我感慨于他一个外来者，却对汀州有这份热爱，多年来持续为其书写、立言。他不是这片风景的入侵者，而是一个谦卑的倾听者、抚摸者、体察者。他选择的往往是一个低的视角，选一个周末或一个夜晚，一次不经意的造访，三两好友同游，慢慢地靠近那座山、那片老屋。重要的是有那份心情，有那份对风物的敬意，细细体察，从山水的皱褶处，从器物的光泽中，感受天地的造化，时间的力量。他的文字节奏感好，表现力强，修辞并不复杂，但密集的短句子中，却常常散发出一种特别的文学韵致。

这样的写作接通的与其说是那个外面的世界，还不如说是作者的内心。

寄情山水，致敬古人，让古物和山水重新发声，也许都是为了确证作者内心那点奢侈的念想——如他在《夜探古城楼》一文中所描述的："此时，一个人，安静，没人打扰，远离了白日的喧嚣，挺好。有时感觉就是这样，无法言说，只能任情感的纹理，慢慢体会。就像在这个春夏交替的季节，始终会安静地听，听耳边风声缓慢低吟的唱词一样，惬意。"

你能从这样的文字中，看到写作者的一种坚持；你也能从这样的文字中，感觉到写作者在安身之余是如何立命的。他这样写自己的所见："站在山顶，罗公庙一览无遗。它的背后靠着一锥形山尖，犹如独角神兽的神灵触角。左右两侧，则是绵延对称的山体，就像一张太师椅的两边扶手，够结实的了。轩昂威耸的庙宇，倒像一位老人安如泰山稳坐乾坤了。真是好地方！"（《神奇归龙山》）他这样写自己的所想："礼堂背后的右厢房，曾是关押中共早期领导人瞿秋白的地方。简陋的居室里，立着他的塑像。一眸凝望，一份期待久远的顾盼，心中肃然起敬，本想悄悄说句问候先辈的话语，唯恐不妥，转念放弃了，对他作一个深深的鞠躬。世间，有些人来了，就像浮云飘过。有的人走了，却注定会在别人的心里留下深深的印记，哪怕是一朵花，只要无怨无悔美过，诗意过，即使匆匆，也会让人刻骨铭心，正如眼前这位英年早逝的伟人。"（《汀州试院》）书中所写皆是平常所见，平常所想，但正是这些细碎的片段，丰盈着作者的内心。他陶然于此，不仅与这些山水、人事休戚与共，也从中领受精神教益。

一个人与汀州的对话，既让这个人有了新的精神根据地，也让汀州获得了崭新的审视。汀州不再是静默的山水，不再是板结的历史，而是活生生地内化于一个人的心中，从而完成了二者之间的深度对话。

所谓"醉美"，其实就是心灵的沉醉。

这样的写作，甚至也为我这样的游子重新确证了"故乡"二字的意义。尽管我是一个还有老家、还有老房子的人，但常年生活于城市，适应了城市生活，不可否认自己正日渐成为一个无根的人。在我生活的世界中，似乎没有什么经验和感受是个人所独有的，一切都成了"我们"的。你有的，别人也有，个人生活越来越像公共生活。在这种公共生活中，个人的感觉不仅是零碎的、局部的、易逝的，还是无从辨认来处的。所以，你在一个城市生活得再久，也难以获得类似于故乡一样的认同感。

无根就无认同。对故乡的回望，有时就是为了找寻这种能辨明来处的认同感。我想起司空图的诗："逢人渐觉乡音异，却恨莺声似故山。"是啊，故乡是永远无法忘怀的。正因为如此，吕金森写作中的地方性知识，以及对这个地方的沉醉，再次帮我辨识了故乡的来路，也使我在一堆破碎的记忆和经验中，第一次获得了对故乡极为整全的感受。

我感谢他。我想，长汀也要感谢他。

当文学与疾病相遇

五年前，自称是"资深病人"的李兰妮根据自身经历写出了《旷野无人——一个抑郁症患者的精神档案》（人民文学出版社二〇〇八年版），作为精神病历的文学范本，将生理、心理及与病症息息相关的个人成长史、家族史逐一剖析并呈现，试图还原一个抑郁症患者生理和精神上的双重病相。事实上，李兰妮所遭遇并承受的癌症、抑郁症只不过是一个隐喻，它承载着当今社会巨变下的丰富内涵。在更长的与抑郁症相抗争的时间里，李兰妮依然服用着各种药物，尝试着各种疗法，动物疗法只是其中之一，于是也就有了现在这本《我因思爱成病——狗医生周乐乐和病人李兰妮》（人民文学出版社二〇一三年版）。

记得在写作《旷野无人》时，作者曾纠结于文字叙述表达的方式。作为一个病人，她想从生理和精神的层面来记录一种被很多人忽视、不了解，却又让很多人困扰的病症；作为一个作家，她又不满足于病理学上的专业描述，文学性仍是其最基本的追求。不管怎样，当文学与疾病相遇，它对于生命和写作都是一次提升。这让我想起史铁生，在当代文坛，大概没有多少人像他一样将生命与写作结合得如此紧密，残缺的生命赋予写作以丰赡的思想，写作还芜杂的生命以澄明之境。那么，对李兰妮呢？在她的写作中自然难见哲学的形而上探讨，她也未曾给自己的写作做那种严肃宏大的命名，但这并不意味着写作意义上的虚无。李兰妮不回避一个病人日常生理上的疼痛，由此所带来的自杀、自虐等消极的情绪及行为，她正是要从这里挣扎出来，获得精神上的光与爱。

病痛是日常存在的，李兰妮的思考和写作也从生活的细部开始。《我因思爱成病》以病人和小狗乐乐的相处生活为主线，以丰盈生动的细节叙述人与动物之间从偶遇到相识相伴到误会、敌意再到用爱来化解一切，彼此更加信赖温馨相处的过程，也以小狗乐乐为引，改善并更好地维系与父母之间的关系，让乐乐安抚同为抑郁症患者的母亲，给她带来快乐；文中还辅之以李兰妮的自述旁白：对疾病治疗过程的记录，病痛困扰中的梦境和幻想，对自我的认知和反省，对年少经历的回顾，以期呈现更为详细的病理信息和丰富的个人精神史；还有模仿小狗乐乐的口吻，拟人化地呈现动物的心理，以动物的视角来感知社会和人类。三重视角最终回归"爱"的主题，既见人与动物之间可亲可感的情节场面，也可细微地感知小狗乐乐给病人李兰妮及家人的生活和心理所带来的触动及变化。这也正好得以见证小狗乐乐在病人与病痛相抗争的过程中所充当的角色。

当初选择动物疗法，在一个抑郁症患者看来，更加看重的或许是动物的陪伴能够减少寂寞、缓解压力。在小狗乐乐身上，李兰妮确曾感受到来自天性舒展的快乐，回到童年时代的纯真和天真，也在有意无意间瞥见那些童年的阴影与创伤——缺乏关爱与呵护，缺乏安全感及家的温暖，由此形成一种极度自立自强的个性，不向外人诉苦，不轻易寻求精神援助，将自己困守在"孤岛"。也许那些暗藏的隐疾也就是这样累积的。动物疗法对李兰妮来说是补偿性的，也是代偿性的。一面是回到童年的纯真和柔软，重温缺失的快乐；一面是回归最为简单的人与世界、与他者的关系当中，重获存在的感受。她与小狗乐乐相识相伴的过程，恰恰也是确证内心需求的过程。

究竟什么是基于人类存在的需要与感情呢？在人本主义精神分析学派创始人艾里希·弗洛姆看来，其中之一就是与他者关联。他在《健全的社会》中说："与其他有生命之物结合在一起，与他们相关联，这是人的迫切需要，人的精神健全有赖于这种需要的满足。这种需要存在于人们所有亲密关系以及所有在最宽泛的意义上被称为爱的感情的后面。"也就是说，用爱来与他者相关联，以爱来维系与世界的关系。因有小狗乐乐相伴，李兰妮那些潜伏于内心的爱意牵挂有了寄托，她也在尝试着做一些改变，与父母亲人，与那些同样养有宠物的住户们，尝试着离开自己的"孤岛"去与他人交流分享。

如果叙述只是止于此，那么我们在这本书里看到的只不过是一个抑郁症动物疗法看似成功的案例。隐藏于文本中的另一条线索是作者对精神深处之秘密的窥探。文学本就源于内心的坦诚和探寻的勇气，是对生命隐疾及命运的注目，它关注社会及个体生理层面的病痛，更关注人类精神的肌理及血脉。李兰妮的书写源于自身的境遇，就更是如此。作者把小狗乐乐与病人的日常细节呈现得越丰富细微，她对内心世界的探幽也就更加细致深入。小狗乐乐的存在，给了作者患抑郁症那段时间一个省察内心的机会。如同最初将被诊断为抑郁症当作一个笑语，不承认看似每天乐观的自己会患上抑郁症一样，要认识并坦承内心对爱的迟钝与不屑、不易察觉的冷漠和自私也确非易事。当李兰妮发现正是内心深处对爱的疏忽和漠然抹杀了乐乐的快乐天性，让它变得精神不振，使得两者之间失去可亲近的信赖时，她在《我因思爱成病》里不断反省自身："我承认自己有病，但是我不敢追寻病根。不接受爱。不付出爱。不传递爱……从小受教育，我学的是，要热爱党，热爱祖国，热爱人民。我没有学过要爱家人，爱邻居，爱狗狗。我懂得向远方付出爱，不懂得在身边怎样爱。"如果说此前在溯源自己的精神历史时，李兰妮感受到的是一个缺乏爱的生命成长空间，那些来自天性和内心的需要被政治历史、社会家庭的"蒙昧"屏蔽、忽略、扼杀，那么在小狗乐乐身上，她觉察到的正是自己身上同样欠缺的爱的能力。文末作者所感悟到的动物疗法就是爱的疗法，发现爱，接受爱，传递爱。这样的发现我想并不是一个人文主义者高尚的宣言，它关涉到在日常的生活，在与一切生命交往的细节里如何真正去接纳一个生命，去呵护一个生命的成长，给予他生命所需要的爱与快乐。

李兰妮触及的是一个古老的话题，但是，对这一生命真谛的发现，却需要用年深日久的疾病和疼痛的代价来揭示时，这样的发现和感知，不能不说是沉重的。

作为一种隐喻，李兰妮借疾病以省察社会历史的精神病症，因为"所有的病痛都是社会的病痛"（布莱特·特纳在《身体与社会》中语）。毕竟作为社会中人，身体是人对社会情状的直接承载体，身体的不良症状也正是社会危机的隐形呈现。在这本书里，作者转换视角，通过以小狗乐乐为中心的宠物狗群体来窥视社会生态的一隅，测量一个社会健全、健康的精神指数。作者以极为轻松幽默的笔调来展现一个至情至性的动物世界——狗狗们的生活习性、性情喜好、生理反应及它们之间的嬉笑逗乐，对同伴们的追随思念。在这里，每一只狗都是独一无二的个体，如"三好学生"酷丫，闷骚诗人毛毛，小土匪婆匪匪……隐忧甚至是恐惧也伴随而来。狗的世界并不是一个独立的乐园，任由它们天性的舒展和发展，毕竟它隶属于这个以人为主导的社会。围绕在宠物狗身边的既有像钟点工兰姨、珍姨这样充满爱心、珍视每一个体生命的朴实之人，也有对待这一群体恶语相向、肆意伤害的人。狗狗们所处的社会生态并不容乐观。不论是乐乐所遭遇的无端索赔案，一些工作人员无礼的盘问，还是面对霸道同类的欺负伤害，那些隐藏在暗处的毒手，使得狗狗的权益无处申诉。这点，从狗的户口办理上就可清晰看出。社会把这群动物当作一个负累、依附之物，而并非可以与人分享，有着与人一样的喜怒哀乐和孤单寂寞的生命个体。

爱，仍是如此稀缺的资源。对他人或自己有爱，尊重生命，这是不是可以作为一个社会健康与否的标准？一个健全、健康的社会若能顺应人的生命潜能，满足并实现生命本能和内心深处的需要，人的生命世界一定会更加灿烂。这一点，也应该适用于社会中所有的生命个体，包括一只狗，或者一只猫。

回到书名"我因思爱成病"，该语出自《圣经》，但实属李兰妮的身心自况。在这里，"爱"不是空灵缥缈的事物，它是在病人李兰妮检索成长和生活病痛的经历后，发自内心的、切近实有的吁求与呐喊，也是希望在与一切生命的交往中得以践行的理念；它指向个体的生命成长，也指向沉疴在身的社会时代的病症。李兰妮在书的开头引用了《圣经》的名言："爱是恒久忍耐，又有恩慈。""凡事包容，凡事相信，凡事盼望，凡事忍耐。""爱是永不止息。"这种爱的哲学，指向生命的完整性，以及从这种完整性而来的生命的能力，它关乎生命以什么为准绳，以什么为内涵，以什么为盼望。现代人也谈爱，但那多半是残缺的爱，不是他们不愿意爱，而是他们没有能力爱。爱的匮乏，是因为生命的无能；生命的无能，又因为人的欲望、局限、叛逆和罪，使得人生命中的光亮日益黯淡，从而失去了肯定的力量。生命的拯救，首先是要恢复爱的信仰，无所爱，也就无所信，无所信，就无从肯定，生命就容易被黑暗和绝望所劫持。

在李兰妮的《我因思爱成病》一书里，讲述的也许只是个体的见证，是人与人、人与动物交流的一些片段，但我们能在阅读中，感受到那个爱心苏醒的过程，也能由此分享爱的力量，爱的甜美。正是在这个意义上，李兰妮完成了文学与疾病相遇的生命书写，以及她对爱的独特礼赞。

好作家是去理解现实

我和李育善是朋友，他的家乡商洛，我去过两次。他是一个特别朴实、厚道、不怎么说话的人。由此我想到，作家是有不同类型的。有些作家得益于水的滋润，比较温润、柔美、轻盈；有些作家更接近大山的品格，比较厚重、质朴、大方。贾平凹、李育善就是接近于大山风格的作家。

李育善的两本散文集我都仔细读过，有一些篇章，我很喜欢，也很值得当下散文界重视。

第一，李育善在写作上有自己的清晰定位。他是一个记录者。他一边生活，一边工作，一边记录，文字中没有花哨、炫技的成分，也不跟潮流走，而是扎根下来，观察、记录、行动，把自己的工作、生活和写作做了很好的结合。他因工作的便利，能接触我们这些人接触不到的人与事，这种经验不是简单的扎根生活、深入生活就可以获得的。长期在这种生活里面，和一个外来者偶尔进入这种生活是完全不同的，所以李育善有非常明显的优势。他也很清楚，把这些东西记下来，本身也是一个写作的宝藏。老老实实地把自己的生活、工作中想到、看到的记下来，并持续这么写，就容易形成自己的风格。再天才的作家，可能一生也只能做好一件事，只能写好一段生活，一种人群，写好自己那邮票一样大小的故乡。

每个作家都应有自己的领域，而且要懂得限制自己。李育善身上，有这种笨拙的东西。他就写自己熟悉的、有感情的人和事，写得比人家更细、更真实，慢慢就形成了他的写作特色。我注意到，他的散文对时间特别敏感，书名就叫"惊蛰之后"（陕西师范大学出版社二〇一七年版），里面很多文章会具体写到哪一年、哪一月、哪一日，或者哪个节日。只有一个记录者才会对具体的时间刻度如此留意，因为很多事情一旦还原到具体的时间，它的意义就不一样了，会被放大；如果是纯虚构的经验，时间刻度就未必那么精准。记录者对真实的还原有一种特别的迷恋。

第二，李育善观察世界时存着一份善意和公正。关于他的散文，有人用了"诚"字，还有人用了"信"字，我觉得还有一个"善"字。这种善意和公正为什么重要呢？因为要了解他笔下的人和事，没有这种精神视野是做不到的。

我举一个例子。比如，他写了大量的农村生活的细节。谁家猪下崽了，鸡下蛋了，庄稼熟了，或者谁家死人了，谁家娶媳妇了，谁家和谁家闹矛盾了，这些都是小事，至少在城里人看来都是小事。可这些小事，在农村人看来却是大事。猪下崽是不是大事？娶媳妇、小孩升学、庄稼丰收是不是大事？这些小事，有时还是一个坎，农民要过这个坎很可能是极为困难的。这些小人物的难处——为生活所迫卖个假牛肉，卖碗面皮，都有很现实的动因，不完全是恶，里面也有很多无奈，没有善意的人是看不到这些的，也不会留意小人物身上细微的心理活动。

除了善意，还有公正。很多人写底层，写普通人、小人物的生活，往往都写他们的困窘、艰难和悲哀，但我们是否想过，小人物也有自己的快乐，也有自己的盼头？他们也谈恋爱，也喝酒打牌，也有自己渺小的欢乐。所谓公正，就是能看到生活的不同侧面，会去留意那些被忽略、被遮蔽的部分。李育善有这一种眼光，所以他可以看到小事，可以看到小人物，可以看到小后面的大，也可以看到小人物的悲和欢，这就是他的公正。他不是带着一种怜悯、同情去俯视那些人，而是觉得自己就是其中一员，自己和他们一块生活，有一样的感受。也因为公正，李育善写出了人性美好的东西——父慈子孝、温暖的乡情，等等。同时，他也不回避这些小人物身上的另外一面，比如，吝啬、懒惰、贪小便宜。他写自己的父亲经常跟母亲吵架、训斥小孩、暴躁无常，没有掩饰。承认生活中的美好和残缺，就是最大的公正。李育善对生活既不是简单地赞美，也不是简单地批判，而是饱含着一种对生活的仁慈，超越了善与恶的仁慈。他不会因为一些优点就高声赞美，也不会因为一些缺点就觉得某个人很不堪，他没有强烈的道德判断。这是对生活的更高认识，宽容生活的各个方面，知道每一个方面都有它存在的理由。好的作家，更多地去理解现实，而不是判断现实。

第三，李育善不会有意地在散文中抒情，能够做到有节制地抒情。这是很好的自我控制力，但我也发现，他并没有勇气节制到底。他喜欢总结，因此大多数散文的结尾都有一个总结和有意的升华。比如，下乡回来心里面有一丝甜意，或者感慨做农村工作不容易，解决农民矛盾不容易，习惯性地有一个总结和升华。这可能和他的工作习惯有关。就工作而言，一件事情如何了，总得有一个结论，可写作是不应该有结论的，它更多是把想要表达的那个状态呈现出来。

李育善的一些散文，把最后一段去掉，可能会更好。结尾保持一种开放性，反而会给人很大的想象空间。每一篇散文都求完整，太完整的散文结成集了就很难看了，篇篇如此，反而乏味。李育善老实、憨拙，他总是想把事情做完美，写文章也是这样，求整全，还放不太开。其实可以更大胆一点。一旦自由了，李育善的散文就不单有好的材料、好的视角，还会有更好的神采。

写出一个有情义的世间

余光中在《散文的知性与智性》一文中这样说过："在一切文体之中，散文是最亲切、最平常、最透彻的言谈，不像诗可以破空而来，绝尘而去，也不像小说可以戴上人物的假面具，事件的隐身衣。散文家理当维持与读者对话的形态，所以其人品尽在文中，伪装不得。"类似对散文文体及文法的理解，张爱玲说过，散文像读者的邻居。鲁迅也曾言，散文是大可随便写的，有些错误也无妨。这些说法其实都在表达同一个意思：作为最容易体现人生与生活、性情与心灵的文体，散文无须刻意的雕琢与营构，而是将"自我"最真实的一面袒露，不做作，不伪饰，需要的更多是个体的一颗平常心。行走天地也罢，感悟世事也好，最朴实平凡的一面，彰显的反而是最质朴的真理，最温暖的情意。

叶梅的散文也是这样。

　　我读得比较多的是她写的游记，这些游记或许可视为广义的"文化散文"。因为工作的缘故，她常与少数民族作家打交道，也去过不少边疆少数民族地区。写到这些边地风光的时候，她少不了要穿梭于历史传说、古风遗韵、天文地理之中，但她没有陷入"材料""文献"的论证与堆砌里。很多文化大散文的通病，就是在自己的心灵与精神触角无法到达的地方，往往请求历史史料的援助。叶梅恰恰相反，她无意去链接更宏大的意旨，也不想做无谓的思想升华，尽管她的散文并不缺乏宏阔的背景。她所抒之情、所发之论往往能够触碰到情感与内心，而且是由所见的小小物件、不经意间的邂逅、当地的美食、可爱可敬的普通人等引发的。也就是说，那些地方风物、风情民俗、历史古迹经过她的一番叙述与追忆后，一定会回到个体的感知中，引出切身的思绪与想象。

　　《棠梨花》写她在楚雄时，每天早晨都会吃一碗米线，离开的那天不禁感慨："这些年很少吃到南方味道的面了，总感觉北方的面条没有煮过心，吃着硬硬的，这碗红汤面让我再一次觉得，面条还是南方做得比较好吃。"从这一段话，我们完全能体味到叶梅客居北方已久仍带着乡愁的味蕾。《陵木丹水与红绸》写到，看到陵水小街上的灯，叶梅一下子想起插队时用过的小油灯，从而觉着这异乡的小城好生亲切。《莲由心生》写了对东莞这座城市的理解，不是从工业、现代化的角度，而是重点写东莞的观音山。在叶梅看来："如果说东莞是一个务实的鲜活的年轻城市，那么与它相近的观音山则应是一座空灵的慈悲山，二者心心相印。"这恐怕也是久居都市的人们最真实的感受。《听茶》写到对茶声的领悟是在福建安溪。人与茶的对话始于种茶，经过多道工序，才能享受茶之甘味，茶之物语。"这时轻取一撮放入茶壶，便可清晰听见壶壁传来'当当'之声，茶道称为'音韵'，其声清脆为上，哑者为次，只有理会的人，才能听出那茶韵的山高水长，余音缭绕。而更为高明的茶师则不仅可以听出茶的优劣，还能听那茶出自何地，树龄几何，甚至为哪位大师所制，采用了何种手艺。"对茶声的回味并不止于此，作者进而感叹；"七泡有余香，茶的音韵和芳香是与土地、山川相连的，品茶时，那所有的乡愁都在其中了。"叶梅在文中的这些思与悟、情与歌，不突兀，不虚张，却恰到好处地点醒着、打动着那些行旅的人们。

即使是回到自己过往的经历，关于大家庭及个体的晦暗岁月，叶梅的笔触也是选择那些温暖的记忆。比如，写到插队当知青的日子，作者的叙事中没有常见的苦难诉说，或者悲情控诉，而是写到苦乐相伴的劳作，物质条件极度贫乏时的点滴清欢与喜悦，还有那些朴实的乡民们。对这段历史，社会与个体均留下了伤痕，作者汲取的是日后人生行走的力量："你们将人间质朴的爱和善给了一个十六岁的女孩，让她的内心深处，充满了对生活的感激。"抛开历史的迷雾，回到生活本身，回到自己人生本然的脉络，读懂其真理的，我以为需要的就是这样一颗与逆境、与困难处之泰然的平常心。又如，写到父亲对家乡鱼山的感情，战乱年代、忙碌人生、南下地域的阻隔、多年的回乡无望都不曾消泯那份深藏心底的炙热牵挂。作者从父亲挂在墙上的竹箫亦明白"所恋在哪里，哪里就是故乡"，终其一生也无法忘却的是乡音："事隔多年以后，我才明白他多半是听惯了'鱼山梵呗'的吹奏，情不自禁也想仿效之。"而父亲的情与思，不是也在更多人的身上有所体现吗?

　　再者，即便是触及敏感的或者严肃的话题，比如环保及生态，正义与良知等，叶梅所扮演的也并不是一个布道者的角色，更多彰显的是一个个体的探问与寻思。《白音陈巴尔虎》《金沙银沙》《风和滇池的水》《根河之恋》《三朵》等散文，都是作者游走于边地时的所见所闻，她不止一次地写到来自先祖的智慧，亦是大地、自然所给予人类的启示。比如"白音陈巴尔虎"就意味着草原、河流同人类一样，是生命的造化，因而相互之间不可有轻视与敌意。《根河之恋》既写到自古以来鄂温克人与大自然和谐共处的生态环境，也写到当下在根河这座小城里，叶梅所见到的人们的精神状态。她由他们伴着音乐尽情舒展的舞姿，感知到他们内心的愉悦与满足，尽管她无法参透那些来自自然与人类文化的深厚之处，"我转身离去，根河就在身边。大桥上的灯光将河水映照得流光溢彩，我知道我来过了但却远远抵达不了这河的深奥，我只能记住这些人和这些时光"。但是，那些置身于历史文化间所沉淀的感动却留存在了心底。《风和滇池的水》中叶梅花了大量笔墨来写张正祥拼尽全力，甚至是不惜以生命的代价保护滇池生态的故事。她从黑龙潭的传说中，感受到的是边地英雄由来已久的守护家园的理想及勇气。

平常心，在我看来，也就是这样，既有着与世事和解的智慧，也有着穿透事、物表象，去参透去体悟历史文化间代代相传的奥秘与情义。它是一份经岁月洗礼过后的恬淡与从容。它体现在文辞中——咀嚼叶梅散文的语言，有女性的细腻与柔情，却几乎读不到激越之词；也散落在那些思辨的张力中，却并不张扬。

叶梅在写边疆的风物，写远古的历史及人物时，亦对照当下的现状与人们，她从中看到的是精神的相遇与文化的认同，感受到的是怡养山水间人文脉络的汩汩流传。《常德有枫树》写到湖南常德的枫树乡其实是维吾尔族回族乡，六百多年前，维吾尔族将军在这里留下了他的部落，后代从此在这里生根繁衍，融入当地的生活，而他们亦将自己视为有根有故乡的人。这种理念同样体现在新一代的维吾尔族人身上，来自新疆的乡亲们也不断地踏访这第二故乡。《昭通记》不仅展现了昭通的地方风貌，更探其人文地理。正如作者认识的当地作家红梅所说的，作者的文学启蒙就在那山水与各族乡亲那。《火塘古歌》里讲到的古歌与哈尼人的日常生活紧密相连，是记录劳作、表情达意不可缺少的途径，"哈尼人种田的过程是一首诗"。在作者看来，这里面有着边地人的诗心及浪漫情怀。这些民风的熏养也同样表现在一代代年轻人身上。比如做过县长的陈强是爱诗的，这让他的眼神里总有着忧伤；还有哥布，他的诗并不是发表在刊物上，而是在乡亲们的火塘边……与其说，叶梅在这些行走中，发现的是边疆的风情，不如说，她更多感悟到的是文化对于人心的涵养及其所带来的力量。言语间的喜悦与感动皆与这些相关。

当叶梅用文字记录这些风情及体悟，留下相遇人事的面影及背景时，作为一个写作者的精神底色也就愈来愈清晰。这也是我读叶梅散文的最大收获。

和往事从容交谈

　　王国维在《人间词话》里有一个著名论述，"散文易学而难工"，这话是和"骈文难学而易工"对照着说的。确实，散文没有门槛，像日常说话，谁都可以写，但要写得精巧、大气却很难。这样说，并不等于散文天生具有自由主义的气质，就一定能表现真实、明心见性，事实上，很多散文家一味求工巧，做作、雕琢的痕迹尤重。因此，在众多文体的写作中，散文恐怕是最容易模式化的，之前有杨朔模式，后来风行一时的文化大散文也大都写成了一个套路。在工巧与自由之间如何平衡，这最能见出一个散文家的识见和能力，只是，在这方面，专业散文家往往规矩太多，不容易把握好。散文应该是业余的艺术。一个作家若专业写散文，除了散文之外他什么文体都不会写，这样的作家，散文估计也很难写好。中国当代那些较好的散文，往往不是出自专业散文家之手。比如，汪曾祺、史铁生、张承志、韩少功是写小说的，于坚、王小妮是写诗的，余秋雨、南帆是做理论研究的，但他们的散文不仅各具特色，还有着专业散文家所没有的优长。

把散文当作业余的文体，其实是要张扬散文中的自由主义精神，与其求工巧，不如求自然。为此，我更愿意读一些业余散文家的作品，这些散文，有的是诗人、小说家写的，有的是哲学家写的，有的是科学家写的，他们不受散文文体的限制，思想自由，笔法灵活，长短不拘，反而更见心性和文采，比如于坚、赵越胜、刘瑜、刀尔登等人，没有散文家的头衔，但他们的文字反而更得散文的神髓。

读铁扬的散文集《母亲的大碗》（人民文学出版社二〇一五年版），感觉也是如此。他是一个著名画家，写散文更多是出于一种兴趣，属于跨界写作，但他的写作，反而为我们提供了很多专业散文家所未必有的写作启示。他那种自由、散漫、信手拈来的状态，如同大水漫溢，又像是与邻居聊天，不事雕琢，是另一种散文的风格。尤其是他近几年，就是七十多岁后写的作品，精神上完全沉潜下来了，文字没了火气，散文写作既是客观的记述，也是心灵的诚实表达。

这是一批有学养的散文。我理解的学养，可能跟惯常说的不太一样，在铁扬身上，这种学养主要由三方面构成：一是西洋艺术，包括基督教文明对他的影响。这种影响，把他生命中的另一面激发出来了，这可能是很多中国人所没有的一种生命觉醒。他对自由、生命的热爱，对超越性事物的天然敏感，跟艺术和宗教对他的激发大有关系。他读小学的时候，就参加过基督教福音堂的唱诗班，还在一些背诵"金句"的卡片上知道了达·芬奇、拉斐尔的名字，看过很多宗教题材的绘画，"对这一切很着迷"。后来他受了专业的舞台艺术、西洋绘画的训练，养成了自己独特的观察世界的眼光。二是他对土地的热爱。读《母亲的大碗》，你会发现，铁扬不单爱亲人、友人，他还爱故乡，爱物。他对身边的草、木、花、石、房子、河流、各种日用的器物，以及这片土地上的点点滴滴，都存有一份爱，这使得他的散文有一种质朴、有情的底色。他笔下那个笨花村，虽然是自己杜撰出来的，但这个村，其实就是他出生那个村子（停住头）的镜像，他说起这个村子里的人和事，如数家珍，充满深情。三是他的阅历非常广博。这个阅历，不但包括他自己所遭遇和经历的，也包括他在追忆中所写到的他爷爷、他父亲的阅历。他们三代人的经历都很坎坷、艰难，但我发现，他在处理这些经历的时候，跟很多人是不一样的——他内心没有怨恨的东西。要做到这一点，其实很难。

在漫长的历史进程中，那么多的挫折、苦难，以及莫名的伤害，莫名的爱恨，一到铁扬先生笔下，仿佛都释然了。心里敞亮，没有怨恨，这是一个很高的境界——他对世界、对人、对经历过的岁月都存着一份宽恕之情，所以，他的内心是宽大的，非常放松。在《父亲的墓碑》一文中，他写自己想在父亲墓地旁的一块荒地里为父亲立块墓碑，起好了泥稿，拟定了立碑时间，正准备筹措运作的时候，有人打电话给他说："铁老，不行，压着腿呢。"原来在距这块小荒地的正前方百米处，有别人的一座新坟，坟里人的腿正朝着这块小荒地，在这位地下乡亲腿下"摆石头"，就要压着这位乡亲的腿了。努力无果之后，"我决定不再和村人为难。为了尊重村人这个不可颠覆的观念，为了不使我这块石头'压'这位地下乡亲的腿，我决定放弃为父亲立碑的念头"。从这件小事中，既可见作者面对具体事情的态度，也可见作者那种仁慈、宽恕的情怀，这些都直接影响着作者的写作。相比之下，有很多人，尤其是那些被各种经历所伤害的人，要跳脱出怨恨情绪对他的缠绕，是很难的。何以当代文学中会有那么多黑暗的写作、心狠手辣的写作？就是因为作家的心被一种深深的怨恨抓住了，他无法饶恕，无法放下，也就无法获得一种超脱、宽大的写作立场。但在铁扬先生笔下，这些东西好像都消失了，他可以很冷静、平和地看待过去的人与事，于是，这些阅历就成了他的财富，也成了他的写作学养的重要构成。

有学养，才有识见，才会厚积薄发，才能世事洞明。散文被称为老年人的艺术，原因也在此。年轻人写的散文，许多时候修辞非常绚丽，对世事的观察很尖锐，但多不耐读；耐读的散文，往往是不着痕迹、极为平淡的，但平淡下面，埋藏着很深的东西。这种沉潜、厚实的学养，成就了铁扬散文的第一个重要品质。

他散文的第二个特点，"是有人物"。"是有人物"这四个字，是汪曾祺对小说家散文的形容，用在铁扬散文上，似乎也很妥帖。汪曾祺原话是说："小说家的散文有什么特点？我看没什么特点。一定要说，是有人物。小说是写人的，小说家在写散文的时候也总是想到人。"（《散文应是精品》）《母亲的大碗》中的多数作品，尤其"美的故事""母亲的大碗"这两辑，都是以人物为中心的。这些人物中，他写得最多的，是他的亲人，并构成了一个系列，像他的奶奶、母亲、父亲、大哥等；也有其他人物，像丑婶子、团子姐、胖妮姑等；还包括一些萍水相逢的人物。他写起来都带着感情，感觉他是一边端详笔下的人物，一边在和他们对话，有真实的追忆，也有对亲人的想象，很多人物写得不仅生动，身上还洋溢着一种北方乡村固有的质地。比如，他在《母亲的大碗》一文中，写母亲的少言语和奶奶的唠叨，只用了几个细节，人物就活灵活现了：

> 母亲是没有时间和我们说话的。待到说话时，她不得不把内容压缩到最短。"走吧。"这是她催我上学了。"睡

吧。"当然这是催我上床。"给。"那是她正把一点吃食交给我，或一块饼子或一块山药。

……

我奶奶却是一位见过世面说话唠叨的人，她嫌母亲把饭食做得单调又少于和她交流，常常朝母亲没有人称地唠叨着："给你说事，也不知你记住没记住。也不知你明白不明白。你说就煎这两条鱼……"她是说我母亲煎的鱼不合她的口味。当然，鱼在我们那里是稀罕之稀罕，我娘不会做鱼，而我奶奶早年跟我那位在直系从军的祖父在南方居住过，对鱼情有独钟。逢这时，我母亲面对几条一拃长的小鱼就显得十分无奈，她不知在一口七印大锅里怎样去对待它们。

铁扬对人物的观察和描写，可能受益于他的绘画才能，角度往往是独特、多面的，有一种层叠的效果，哪怕是着墨不多的人物，也有立体感。他对人物的理解，跟一般人是不一样的，他切入的地方，经常是被人所忽略的方面，有时寥寥几笔，又显得格外意味深长，很有回味的余地。他这样写姥爷："我姥爷姓姜，擅长种菜，常住我家。"（《最美的菜蔬》）他这样写奶奶："我奶奶，一个瘦小、白皙的乡下人，心里却有一个外部世界。"（《奶奶的世界》）他这样写母亲："女人们吃饭不用大碗，我母亲却有一只，这是她的专用，且每年只用一次，那是她的生日。"（《母亲的大碗》）他这样写梦字兄弟："梦字辈兄弟五人，三人为独身。梦江老三，是位大汉，只身一人常住在我家一间闲房子里。此人游手好闲，养一只大黄狗，大黄狗和梦江同睡一条炕。每天整整一个上午狗和人只懒散着睡觉，待到他们苏醒，已过中午。于是狗和人同时起身，同时出门。"（《梦字兄弟》）简洁，有角度，也有生活情趣。每每读到这样的散文，我就在想，像铁扬这样一个家族，像他爷爷、奶奶、父亲等人这么传奇的经历，有一个以文化为志业的后人为他们立传，真是一件幸福的事情。其实，中国的民间散落了很多有个性、有味道、有故事的人物，由于他们身边没有能够记录和写作的人，慢慢地，这些人物也就散掉了，消失了，即便有一些口头流传，终归不如形之文字那么可靠、传神。铁扬是有一种情怀的，他要为自己的家族立传，为自己走过的岁月以及那些无法忘怀的记忆塑形，在他看来，这既是个人的见证，也是一个家族、一个民族的精神传承。

铁扬在回忆、记述这些人物的时候，我想起张爱玲的一个比喻，散文是读者的邻居。好的散文，确实就像是拉家常，有一句没一句地谈论一些人和事。这是一种叙事的艺术。铁扬是通晓这一艺术的，他那些值得称道的语言和细节，很多都是日常而随意的，他能很自然地把自己家族的人、自己人生中遇见的人，呈现在我们面前。这些人物不仅面貌清晰，而且个个身上似乎都有一股劲，在挥洒着各自活着的滋味。我喜欢这种"是有人物"的散文。一篇散文，如果把人物立起来了，就不飘，就显得结实了，有神采。

铁扬散文的第三个特点，是他在写人物、忆事情时，情感态度上是节制的、隐忍的。散文写作，最怕的就是滥情，只要一过度抒情或盲目升华，就会显得虚假，哪怕是感伤主义的东西多了，也会有做作的感觉，至少是会失了自然、家常的味道。我注意到，哪怕面对那些对他内心震动很大、冲击很大的事情，铁扬的笔法也是节制、节省的。他不会沉迷在一个场景里不出来，也不会忙于堆砌材料，修辞上更是不饰夸张，他深知节制也是一种美，适当也是一种美。梁实秋在论散文时，就有这个著名的说法，"美在适当"（《论散文》），适当即度，有度才会有隐忍的美。确实，情感的处理控制到什么程度，控制的艺术如何，这是散文写作的要义。铁扬在这点上，有很自觉的艺术追求。

举一个例子。《母亲的大碗》一文是这部散文集中最重要的篇章之一，里面写道：母亲在一九四七年"深挖浮财"的运动中被关押在一个大牢似的大屋里，"我"去给母亲送饭，母亲看到送来的饭是用平时不太用的大碗盛的，就问"我"："你想出来的？""我"说："是奶奶。"听了这话后，"母亲的嘴在碗边上停歇片刻，呼呼喝起来"（《母亲的大碗》）。这是很精彩的一笔。"停歇片刻"这一描写极为节制，里面却蕴含着母亲深沉的感情。平时，母亲和奶奶多少有点不和，但在患难时刻，奶奶和母亲都以自己的方式敞露出了真实的内心。简简单单的四个字，"停歇片刻"，写出了母亲心理活动的复杂，她肯定感受到了来自亲人的关爱和温暖，但她不直接说出来，而是用"呼呼喝起来"回答这种无声的关爱。母亲的感情很隐忍，作者写母亲这段也写得欲言又止，但个中的情感表现深沉有力、细腻精微。再举一个例子。在《自己的人生与艺术》一文中，铁扬写到了这么一件事："听大人说，我降生后爱哭。一哭就痛不欲生。一次，我真的哭死了自己，家人便把死去的我交给长工去埋。这个长工正在打麻将，便说，等打完一圈再去。我则在院内一个什么地方等人埋，当这位长工打完一圈，去埋我时发现我又哭起来。"这就像小说笔法。这个长工如果不打这一圈麻将，"我"可能就被埋掉了，就没了，这本来是惊心动魄的事情，也是人生当中极为惨烈的事情，但作者用非常冷静、不动声色的笔触来叙述，不仅不影响这件事情在他生命过程中的惨烈感，甚至还更强烈，这就是隐忍所带来的艺术效果。

这令我想起铁凝在一篇散文中，写过两个丹麦亲戚见面的场景："我以为她们会快步跑到一起拥抱、寒暄地热闹一阵，因为她们不常见面……但是姑嫂二人都没有奔跑，她们只是彼此微笑着走近，在相距两米左右站住了。然后她们都抱起胳膊肘，面对面望着，宁静、从容地交谈起来，似乎是上午才碰过面的两个熟人。"铁凝接着说："拉开距离的从容交谈，不是比紧抱在一起夸张地呼喊更真实么？拉开了距离彼此才会看清对方的脸，彼此才会精心享受世界的美好。"（《共享好时光》）这正是节制这一美学观的精到诠释：喜欢"拉开距离的从容交谈"，拒绝"夸张地呼喊"。铁扬的散文写作，践行的也是这种美学观，他忆起旧人旧事，总是保持一种距离，引而不发。即便他写自己的母亲，写给他留下了难以磨灭的印象的母亲那只大碗（在母亲葬礼上摔碎在她的棺木上了），也只是说到自己一生酷爱收集瓷片，还把瓷片编成系列，但"我的瓷片里却没有我母亲那只大碗的一星半点"（《母亲的大碗》）。这淡淡的结尾，如此隐忍，却隐藏了作者多少缺憾和痛楚！

或许，如此节制地处理内心的感情，并非铁扬有意为之，而是他到了这个年龄，一切都波澜不惊了，他对生命的感受也已经走向了达观和平等。一旦他看待这个世界发生的各种人事，有了平静、宽容、一视同仁的眼界之后，他的写作就必然会采取减法，不用那么多修饰词，不流露那些强烈的感情，他把自己藏得越深，反而越有力量。或者说，他根本无须隐藏什么，因为生命澄澈之后，一切都一目了然了。以简单写复杂，以平静写热烈，这本就是散文写作极高的艺术。

铁扬的散文是独特的，厚重的，有些篇章，堪称精品。他独异于当代散文界，他的声音，也没有加入当下散文界的合唱，他有自己的角度，自己的生活底子，也有自己特别的经历。他的散文，有一条主线，那就是"我"的观察、记忆、感受、沉思。他回望自己，讲述和自己及自己的亲人有关的故事，他也在这种追忆和讲述中为他们加冕。梁实秋认为"有一个人便有一种散文"（《论散文》），确实，那些难忘的生命段落、难忘的人物，以及那些生动的细节，构成了铁扬散文的写作基础，而他生命的学养、节制的笔法，又把他的写作带入了一个宽广的境界。他的文字背后，终归是站着他这个人，一个视艺术为生命、对土地无限深情并一生守护着记忆的人。

后　记

通见，即通览之意，意即这本小书什么都谈了一点，但什么都没说透；通见，也指通常的看法，一些即兴的感悟。确实，本书所收的文字，除了少数几篇，大多是根据各种学术会议现场发言的录音整理而成，博杂而宽泛，却并无什么高见。本来发过言就算了，可总会有一些主办方，不怕麻烦，将发言录音整理了发来，或做会议综述摘录之用，或要求单独成文供报刊发表。想到文字要公开示人，只好稍作修改，以免错谬百出。但所谓修改，主要是删除一些明显重复的语句，理顺一些思路，为保留口语风格，也没敢做太多补充。新近把这些短文辑录起来重读时，仍感参差不齐，浮浅之处不少，对它是否有出版价值，心里是一直存着疑问的。

　　感谢海峡文艺出版社及林滨兄的一再鼓励和催促，我虽犹豫多时，终在岁末交稿，心想，即便有种种不足，福建老家的出版社总是容易宽谅我的吧。

　　我上一本书，是在北岳文艺出版社出版的《成为小说家》，它也是由几次演讲录音整理而成。书出版后，我发现有不少读者是喜欢这种带有口语风格的文字的。但我知道，口语固然好读，只是容易打滑，流于表浅。深思熟虑的东西才见思力。表象往往繁华、多变、热闹，易于感知和描述，可背后潜藏的问题，却非一时可以说得清楚的，所以，学术论文的专业深度是必要的，甚至有时晦涩也是难以避免的。简易明了的思想永远只是这个世界的一小部分，更多曲折而幽深的问题，则是经过长时间的追问和钻探也未必能够洞明的。傅雷说，印象派绘画的根本弱点就是浮与浅，"美则美矣，顾亦止于悦目而已"。他说塞尚一生都是在竭尽全力与"浮浅"二字作战，塞尚每下一笔，都经过长久的思索与观察，"他画每一只苹果，都是画第一只苹果时一样地细心研究。他替沃拉尔画像，画了一百零四次还嫌没有成功……"这是真正的艺术家。塞尚对浮浅和惯性的反抗，目的是为了沉入内心，追求超拔，他不想让自己过得太舒适了。

舒适即意味着浮浅。

有时，我私下也想，现在的文学界、学术界会不会有点太舒适了？稍有累积的写作者，发表、出版的机会很多，会议、活动也不断，比之一二十年前，真是热闹太多了。我亦在其中逐求，常感惭愧，要说还有点自我警觉的，是这十几年来一直提醒自己，不要在大学课堂讲重复的课——每年都认真备新课，其实就是想让自己持续读不同的书、思考不同的论题，以免活在思想的惯性之中。

惯性令人舒服，也令人疲倦。

但是，现在的学术研究越分越细，学术论文的风习也越来越规范而艰涩，读者日渐稀少，这时，我又会想起美国学者马克·里拉在《当知识分子遇到政治》一书中所担忧的，写作正在变成一种"室内游戏"。"严肃的思想者就严肃的论题从事的写作不是做室内游戏。他们的写作是源于自身经验这眼最深邃的井，因为他们意欲在世界中找到自己的方位。"既不想成为纯粹的"室内游戏"，又常常找不到"自己的方位"，这可能是许多学术中人的迷茫和困惑，它对应的正是当下这个矛盾丛生的世界。

本书中的许多杂谈，虽然多为即兴所感，但也不乏这样的迷茫、困惑和矛盾。唯一确切的感觉是，世界的一切都在变。在这个变化过程中留下的个人思索，哪怕只是一些浅易的、矛盾的踪迹，至少对我个人而言是有意义的。尤其是第二辑所写的那些师友，我在他们身上所确认的部分，恰恰是自己内心所匮乏的。就此而言，写作和出版其实更像是一种自我援助，其他方面的考虑，倒显得不那么重要了。

谢有顺

二〇二〇年十二月十日，广州